내시

내시

Eunuchus / The Eunuch

테렌스 지음―최영주 옮김

도서출판 동인

델피시리즈를 내며

    고전 르네상스 영문학회에서는 그리스 및 로마 드라마와 르네상스 시대의 영국 드라마의 중요한 작품들을 번역하는 작업에 대한 논의가 오랫동안 있었다. 이 계획의 구체적 결과물이 델피시리즈이다.

    이 시리즈의 목적은 그리스와 로마의 대표적인 드라마와 르네상스 시대의 영문학 고전을 접함으로써 우리의 삶이 더욱 풍요로워질 수 있는 독특한 문학의 가치를 학생들 스스로 탐색할 수 있도록 하기 위함이다. 다른 번역서와 차별화된 델피시리즈의 특징은 본문의 번역 이외에 작품의 내용을 다양화하여 일반 독자뿐 아니라 학생들을 위한 학습용이면서 동시에 고전 문명과 드라마, 그리고 연극에 관심 있는 학생들을 위한 안내서라는 점이다.

    델피시리즈가 시도하는 그리스와 로마 드라마의 번역에는 한계와 문제점이 있음을 인정한다. 여기 참여하는 번역진은 모두 영문학자들이다. 그렇기 때문에 번역은 원어인 그리스어나 라틴어가 아닌 영어를 우리말로 옮긴, 말하자면 중역이기 때문에 원문이 지닌 의미를 놓치는 부분이 상당 부분 있으리라 생각된다. 그러나 번역진은 다양한 영어 번역서를 참고하여 그 한계를 최대 한도로 좁히고자 노력하였다.

학생들과 일반 독자들에게 접근이 그리 쉽지 않은 고전 작품의 독서를 통하여 고전을 이해하고, 문학의 텍스트를 파악하여 작품이 주는 흥미와 즐거움을 델피시리즈를 통하여 많은 분들이 체험할 수 있기를 기대한다.

고전 르네상스 영문학회 델피시리즈 기획위원장
고려대학교 교수 송 옥

싣는 순서

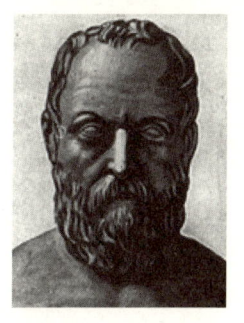

작가 소개

■ 테렌스(로마이름: 테렌시우스. Publius Terentius Afer, c.190-159 B.C.)

테렌스에 관해 회자되는 이야기는 다음의 세 가지 출처를 근거로 한다. 첫째, 기원 후 2세기경 살았던 수에토니우스(Gaius Suetonius Tranquillus, A.D. 69-130)가 쓴 일종의 자서전 모음집 중 「시인편 On Poets」에 버질(Virgil)과 호레이스(Horace)와 함께 수록된 「테렌스의 생애 *Life of Terence*」 부분을 도나투스(Aelius Donatus)라는 학자가 후대에 전함으로써 작가의 생애에 대한 일반적인 사실이 알려지게 되었다. 그러나 이 글은 작가의 출생과 죽은 년도, 집필 시기, 태생 등의 부분에서 논리적 모순과 낭만적인 해석으로 인해 진위의 여부에 관해 논란이 분분한 상태이다. 또 다른 출처는 사본으로 전해져 온 「디다스칼리애 *didascaliae*」라는 공연에 대한 기록물이다. 「디다스칼리애」에는 「안드로스의 여인 *Andria / Woman of Andros*」(166 B. C.)을 제외한 전 작품의 공연 제작 기록이 적혀 있으며, 이를 통해 원전의 작가, 출연 배우, 악기 연주가, 공연 시기에 대한 중요한 정보가 제공된다. 마지막으로 각 작품에 수록된 프롤로그 역시 작가의 생애와 더불어 당대의 연극에 대한 정보가 담겨 있는 자료이다.

「테렌스의 생애」에 따르면 테렌스는 카르타고(Carthrage)에서 태어나, 2, 3차 포에니 전쟁(201-149 BC) 사이에 살았으며, 테렌티우스 (Terentius Lucanus)의 종으로 로마에 입성했다. 테렌티우스는 그의 출중한 외모와 재능을 높이 사 그를 곧 해방시켜주었고, 자신의 이름을 붙여 주고 교육을 시켰다. 테렌스는 중간 정도의 키에 우아한 몸매와 검은 피부를 갖고 있었고 그의 이러한 모습에 반해 당대 권력가인 스키피오(Scipio Aemilianus 185-129 B.C.)와 라엘리우스(Laelius 190-123 B.C.)가 테렌스의 후원자가 되었다. 그는 당대 희극의 대가 카에킬리우스(Caecilius Statius)의 만찬에 초대되어 그의 첫 작품 「안드로스의 여인」을 낭송하였고, 곧 따뜻한 환대를 받으며 작가로 출발을 한다. 그 다음 작품 「장모 *Hecyna / The Mother-in-law*」 (165 B. C.)는 마침 상연하던 날이 광대놀이 구경거리와 겹치게 됨으로써 관객을 빼앗겨 흥행에 실패하였다. 이후 그는 「자학하는 사람 *Heauton Timoroumenos / The Self Tormentor*」 (163 B. C.), 「내시 *Eunuchus / Eunuch*」 (161 B. C.), 「포르미오 *Phormio*」 (161 B. C.), 「형제들 *Adelphoe / Brothers*」 (160 B. C.)을 발표하였고, 특히 「내시」는 큰 상업적 성공을 거둔다. 마지막 작품을 공연한 후 스물 네 살이 되기 전 로마를 떠나 그리스로 여행을 갔으며 거기서 작품 몇 개를 더 집필하였다. 그러나 이 작품들은 그가 돌아오는 길에 배가 난파되어 소실되었다. 그가 그의 작품들과 함께 난파

되었는지, 혹은 그리스에서 앓다 죽었는지는 알려져 있지 않다. 다만 그의 딸이 로마의 기사 계급의 병사와 결혼하였다는 일화가 전해질 뿐이다. 이상의 수에토니우스의 기록은 객관적 사실 보다는 일화의 소개에 가까우나, 테렌스의 전기와 관련된 유일한 자료이다.

공연 제작 기록인 「디다스칼리애」는 각 극작품에 서문처럼 포함되어 있는데, 제작 당시의 기록이 아니라 기원전 1세기경 후대의 학자들에 의해 첨부된 것으로 알려져 있다. 「디다스칼리애」에 따르면 테렌스는 연극이 공연되는 네 개의 축제 중 4월에 개최된 '루디 메갈렌시즈(Ludi Megalenses), 9월 축제인 '루디 로마니(Ludi Romani)'에서 네 번이나 공연 하였다. 수에토니우스가 전하는 것처럼, 「디다스칼리애」를 통해 확인할 수 있는 사실은 당시 축제를 관장하며 극작품을 선택할 권리가 갖고 있던 관리 조영관(造營官)이 당대 희극의 대가인 카에킬리우스의 조언에 따라 테렌스의 작품을 선정하였다는 정황이다. 앰비비우스(Ambivius Turpio)와 애틸리우스(Atilius Praenestinus)가 「장모」를 제외한 전 작품에 출연하였고, 노예 플라쿠스(Flaccus)는 음악을 담당하였다. 특히 「디다스칼리애」는 「내시」가 세 번째 작품이라는 도네터스의 주장과 달리 4번째 작품으로 B.C. 161년에 제작되었다는 실마리를 제공한다.

테렌스의 희극 작품은 다른 작가의 작품들과 달리 독특한 프롤로그로 시작한다. 일반 작가의 프롤로그에서 배우 한 사람이 무대에 나와 공연 시작 전 작품을 소개하는 것과 달리 테렌스의 프롤로그는 작가가 작품에 대한 비난에 항의하는 독특한 방식으로 당대의 연극 관행과 비평에 대한 정보를 직접 제공한다. 특히 「내시」는 원전을 훼손시켰다는 루시우스의 비평에 대해 민감한 반응을 하고 있다. 그 비난은 그리스 작품을 번안하는 문제에 초점을 맞추고 있는데, 공연 총연습 중 루시우스(Lucius Lanuvinus)라는 자가 테렌스의 「내시」가 표절이라고 비난하여 연습이 중단 된 것에 대한 보복으로 그는 루시우스가 메난더(Minander)의 한 장면을 매우 조야하게 처리하여 관객에게 우스꽝스럽게 보였다고 응수하고 있다. 이 같은 테렌스의 주장은 논리적인 반격이 아니라 수사적 대응으로 볼 수 있으나, 연극에 규제를 행사하는 당대 제도에 대해 극작의 자유를 주장하는 그의 태도는 주목할 만하다. 이것은 또한 상대에 대한 맞비난이 아닌 자신의 주장을 펼친 점에서 그의 명성이 견고해졌음을 반증하는 부분이기도 하다. 또한 수에토니우스의 주장대로 테렌스는 권력을 지닌 인물의 지원을 받았고, 이를 프롤로그를 통해 언급할 정도로 주변의 시샘을 받았던 것을 알 수 있다. 그러나 테렌스는 이것에 대해 변명을 하기 보다는 오히려 자랑스럽게 프롤로그를 통해 인정하고 있다.

당대 로마의 역사라는 배경 안에서 수에토스의 「테렌스의 생애」, 「디다스칼리애」, 테렌스 희극의 일련의 프롤로그들을 참고하여 작가의 생애를 살펴보는 것은 아마도 작가를 이해하기 위한 또 하나의 단서가 될 법하다. 기원전 3세기 로마는 포에니 전쟁의 승전을 기념하여 대대적인 축제를 벌이며 연극 공연을 축제에 포함시킨다. 이후 로마 시대에는 축제마다 연극 공연이 포함되는데, 리비우스(Livius Andronicus)는 그리스 극을 라틴어로 번안하여 그리스 연극을 로마에 소개하기 시작한다. 이후

2차 포에니 전쟁이 끝날 무렵 로마는 무차별적으로 그리스 문화에 개방된다. 당시는 연극에 대한 본격적인 분위기가 조성되지는 않았으나 플라우투스(Plautus)는 그리스 메넨더로 대표되는 '신희극(New Comedy)'을 계승 번안하여 로마 시민에게 소개한다. 플라우투스의 죽음과 테렌스의 작가로서의 출발 사이의 20여년의 공백에는 카에킬리우스가 활동하고 있었다. 비록 로마의 희극은 플라우투스의 희극 20편과 테렌스의 희극 6편만이 현존하지만, 마르쿠스(Marcus Terentius Varro, 116-27 B.C.)는 카에킬리우스를 최고의 로마 희극작가의 반열에 올려놓는다. 반면, 로마 공화정 당시의 비평가인 볼케시우스(Volcacius Sedigitus)는 테렌스를 플라우투스보다 높이 평가하여 최고의 희극작가로 꼽기도 한다. 즉, 그리스의 메넨더에 의해 대표되는 신희극을 로마의 플라우투스가 계승하며, 카에킬리우스는 메넨더의 극작품을 플라우투스 식으로 번안한다. 그러나 플라우투스가 죽고 나자 일련의 그리스극의 번안에 대해 원전을 고수하자는 분위기가 형성된다. 카에킬리우스마저 죽자 원전을 자유롭게 번안하던 테렌스는 이러한 분위기를 위협하는 존재로 여겨지게 된 것이다.

테렌스는 그리스 원전을 보다 자유롭게 번안하였을 뿐아니라, 자신의 희극관에 맞지 않을 경우 주제마저도 바꾸었다. 그는 그리스극을 그대로 모방하는 것을 거부하고 그리스 원전에 필적할 만한 순수한 라틴 스타일을 창조하였다고 할 수 있다. 테렌스는 그리스의 신희극을 독자적인 양식으로 자유롭게 번안하였으며, 주플롯과 부플롯을 창의적으로 결합하였고, 로마 관객이 당연히 여기는 세세한 부분은 과감하게 삭제하면서, 인물을 묘사하는 데 탁월한 능력을 발휘하였다. 그의 문체는 과장되고 우스꽝스런 점을 피하고 대신 우아하며 지적이어서 일반 관객보다는 상류층 관객에게 인기를 얻었다. 그 점에서 플라우투스와 테렌스를 비교하며 "플라우투스가 소극(Farce)을 썼다면, 테렌스는 희극을 썼다"[1]고 언급되기도 한다. 테렌스의 인물들은 "사실적인 정서를 가진 살아 있는 사람들이다. 그의 작품은 모든 행이 완벽해질 때까지 정련되어 있으며, 보는 것만큼이나 낭송을 듣는 즐거움을 선사한다."[2] 테렌스에 대한 씨저(Julius Caesar)의 정평은 유명한데, 그는 테렌스의 자연스런 언어를 칭찬하는 동시에 열정이 부족함을 아쉬워했다. 키케로 역시 테렌스의 어조가 '조용하다'고 언급했고, 도니투스는 테렌스의 문체가 메넨더의 문체가 지닌 '장엄함'이 부족하다고 했다. 대신, 테렌스의 언어는 인물마다 다양하게 변주되며, 때론 속담을 적절하게 섞고, 때론 극적인 감탄사와 비난, 조롱적인 언사로 상황과 인물을 생생하게 재현하는 데 탁월하다고 평했다.[3] 특히 그의 작품은 후대에 널리 알려진 명구로 인해 기억되기도 한다. "사람 수효만큼 의견이 있다", "늙었다는 것은 그 자체가 병이다", "현자에게는 한 마디면 족하다", "나는 돈을 주고 희망을 살 생각은 없다", "나는 인간이다. 인간에 관한 일이라면, 무엇이든 남의 일로는 여기지 않는다" 등의 명언을 통해 그는 명상가이며 인생 비평가로서 언급되기도 한다.

1) Kenneth McLeish. *Roman Comedy*(London: Macmillan, 1976), 56.
2) 앞의 글.
3) R.H. Martin Ed. *Terence: Adelphoe*(Cambridge: Cambridge up., 1976), 17-8.

작품 배경

「내시」의 플롯은 메넨더의 플롯대로 두 형제, 카이리아(Chaerea)와 파이드리아(Phaedria)가 각기 팸필리아(Pamphila)와 타이스(Thais)와 사랑을 이루는 과정과 결혼에 이르는 결말을 그대로 따르고 있다. 여기에 테렌스는 메넨더의 두 번째 작품 「아첨꾼 *Kolax*」에서 허풍쟁이 쓰라소(Thraso)와 아첨꾼 그나소(Gnatho)를 더하여 플롯에 활기를 더한다.

첫째, 파이드리아와 쓰라소의 사랑이 비교 대조되는 한편 그들의 노예 파르미노(Parmeno)와 그나소 역시 대칭된다. 둘째, 쓰라소와 그나소의 등장으로 신희극의 전형적 인물인 악당 대신 바보와 아첨꾼이 플롯에 부연된다. 셋째, 결말 부분에서 그나소가 승리하고 쓰라소가 술수에 넘어가는 것은 원전에는 없는 테렌스의 창작이며 그의 도덕적 메시지를 함축하는 부분이다. 넷째, 두 인물의 등장은 단순한 기생에 지나지 않던 타이스를 살아있는 인물로 만드는 결과를 낳는다. 타이스는 갈등하며 고민하는 살아 있는 인물로 제시되며 자신에 대한 내적 갈등을 표출하는 입체적인 인물로 보여진다.

또한 테렌스는 원전의 긴 독백을 대화로 바꾸거나 축약하기도 하는 데서 독자성을 보여준다. 원전에서 한 인물이 하던 긴 독백을 대화로 바꾸고, 관객의 주의가 산만해지는 것을 방지하기 위해 의미없는 인물을 등장시키며 장면이 끝나면 무대에서 완전히 사라지게 한다. 메넌더의 「내시」에서 카이리아는 팸필리아를 강간하고 뛰쳐나와 긴 독백을 하였다. 테렌스는 카이리아의 독백을 생략하고 앤티포(Antipho)를 등장시켜 독백을 대화체로 바꾼다. 이처럼 테렌스의 작품에서 독백은 특정한 인물을 강조하는 경우를 제외하고는 감소되고 축소된다. 그나소가 독백을 하는 경우 관객은 그의 정체를 파악하게 되는데 그것은 바로 인물의 성격을 드러내기 위해 의도적으로 독백을 사용한 경우에 해당한다. 「내시」에서 테렌스 특유의 조용하고 우아한 언어는 쓰라소와 그나소의 등장으로 다소 과장되고 소란스럽기조차 하다. 그러나 여기서 역시 인물들은 성격과 계급에 따라 유형적으로 제시되기 보다는 이야기하는 내용에 밀접하게 설정된다. 즉, 테렌스의 인물은 귀족이나 기생, 노예 등의 신분의 고하와 상관없이 우아하고 격조가 있으며 진지하기조차 하다. 이것이 원전의 인물들보다 테렌스의 인물에게 깊이와 심리적 개연성을 발견하는 이유이기도 하다. 「내시」는 그의 다른 작품들처럼 음악적 막간극, 슬랩스틱 코미디, 과장적인 소극의 요소를 모두 포함하고 있으며, 원전의 유형적 인물 대신에 생기와 내면의 깊이를 지닌 인물들로 다시 태어났다고 할 수 있다.

내시

Eunuchus / The Eunuch

내시

■ 등장인물

파이드리아	타이스를 사랑하는 아테네의 젊은이
파르미노	파이드리아의 노예
타이스	기생
그나소	아첨꾼
카이리아	팸필리아와 사랑에 빠진 파이드리아의 남동생
쓰라소	파이드리아의 연적인 군인
피시아스	타이스의 여종
크리미스	팸필리아의 오빠
앤티포	카이리아의 친구
도리아스	타이스의 여종
도러스	내시
상가	쓰라소의 부하 중 하나
소프로나	팸필리아의 유모
라체스	파이드리아와 카이리아의 아버지

■ 무대

타이스(Thais)와 라체스(Laches)의 집 앞 아테네의 어떤 거리

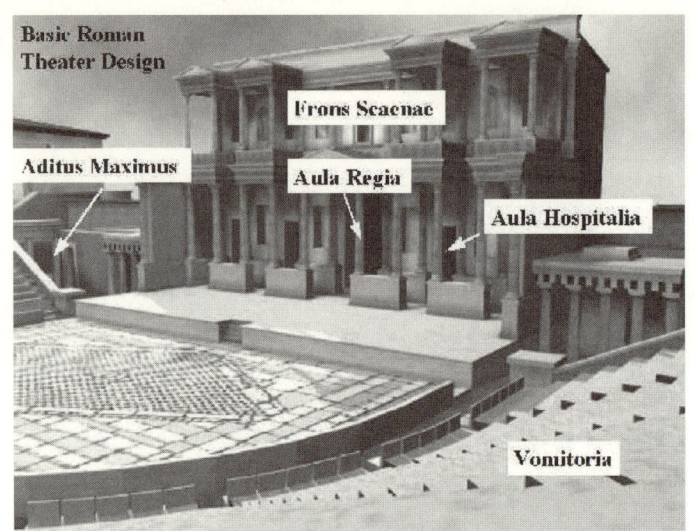

로마시대의 극장 구조

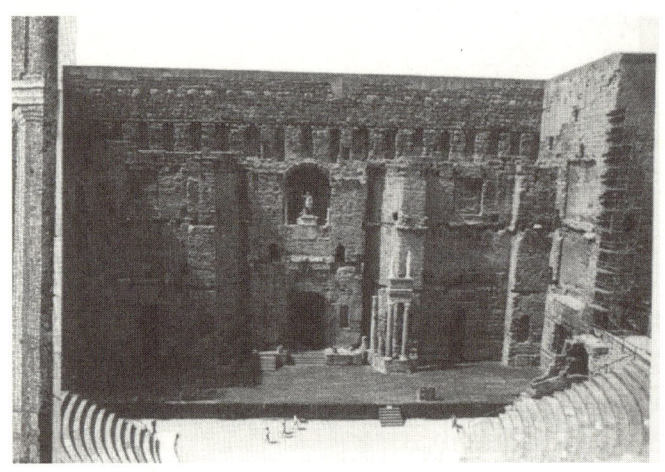

로마시대의 극장

프롤로그

우리의 시인은 당신의 이름이 가능하면 많은 사람들을 기쁘게 하고, 되도록 적은 사람들에게 상처를 주는 그런 작가들 중에 끼어 거론되시기를 원하세요. 만일 어떤 작가[1]가 우리의 시인에게 심하게 당하셨다고 생각하시면 그 모진 말들은 그분이 먼저 날린 공격이 아니라 싸움을 거니까 대꾸한 거라 생각하셔야 할 걸요. 번역은 잘하는데 글솜씨가 형편없는 자들이 좋은 그리스 작품들에서 엉터리 라틴 극작품을 만들지요. 최근 그 자는 메넌더(Menander)의 「유령」(*The Phantom*)을 무대에 올리셨고, 「보물」(*The Treasure*)에서는 원고가 주장하기도 전에 왜 그 돈이 그의 소유가 되었는지, 왜 그 돈이 그의 아버지의 무덤으로 가게 되었는지, 왜 그 돈이 자기 것이어야 하는지를 피고가 밝히도록 무대에 등장시켰죠. 자, 앞으로 그는 자신을 기만하지 않을 거고, "내가 그자를 없애버렸으니 그자는 내게 말을 못하겠지"라는 생각도 않하겠지요. 나는 그자에게 젊잖게 굴고 나를 귀찮게 굴지 말라고 경고했어요. 그 자에 대해서는 할 말이 많지만 지금은 냅두지요, 그러나 그가 전처럼 계속 나를 공격하면 자초지종을 공개하겠어요.

이제 우리가 공연하려는 작품, 「내시」에 대해서 말하자면 고위 관리들이 그 작품을 산 후 그 분이 그걸 낭송할 수 있도록 허락을 했지요. 나리들 앞에서 그 작품을 낭송하는 중 그 자가 외쳤어요, "이 작

---

1) 테린티우스의 라이벌인 루시우스 라누비우스(Lucius Lanuvius)를 지칭한다.

품을 쓴 자는 작가가 아니라 도둑놈이에요. 그래도 날 속이지는 못해
요." 그 자가 말하기를 내비우스(Naevius)와 플라우투스(Plautus)가 쓴
「아첨꾼 *The Flatterer*」이라는 오래된 작품이 하나 있는데, 우리 작가
의 작품에 나오는 아첨꾼과 군인이라는 인물들은 그 작품에서 빌려온
거래요. 이런 일이 범죄라면 표절하려고 해서가 아니라 들켰으므로
죄가 된 거라나요. 여러분들도 무슨 말인지 알겠지요. 「아첨꾼」은 메
넨더의 작품이에요. 거기에는 아첨만 일삼는 식객이 한명, 허풍쟁이
군인 한명이 나옵니다. 우리 작가는 자신이 그 그리스 극에서 두 인
물을 가져다 쓴 것을 부정하지는 않아요. 그러나 라틴극에서 이 두
인물들이 우리 작가의 작품 이전에 등장했었다는 것은 단연 부정하지
요. 만일 그 분이 이 인물들을 이용하지 않았다면 어떻게 노예가 도
망가는 것을, 그리고 덕망 높은 여인, 못된 기생, 허풍떠는 군인, 바뀐
아기, 노예에 속은 노신사들, 사랑, 증오, 의심을 무대에서 보여줄 수
있겠습니까? 각설하자면, 하늘 아래 새로운 것은 없다 그 말입니다.
이 말을 잘 생각해보시고, 신인 작가가 옛 것을 갖다 쓰더라도 용서
해주시기를 바랍니다. 자, 이제 조용히 관극을 할 마음의 준비를 하시
고, 「내시」의 의미를 한번 배워보시지요.

제 1 막

제 1 장

파이드리아

그럼 난 뭘하지? 가지 말까? 지금은 가지 말고, 그녀가 날 특별히 모셔오라고 사람을 보낼 때나 가볼까? 아님 시건방진 기생들의 태도를 참지말자고 모질게 마음먹어 볼까? 그녀가 나를 쫓아내곤 이제 나를 부르니 그녀에게 돌아가야 하나? 아니지, 무릎을 꿇고 애원을 하지 않는다면 안되지.

파르미노

그러실 수만 있다면 더 이상 좋은, 대장부다운 길을 없지요 그러나 주인님께서 시작은 해놓고 끝까지 실천하지 못하신다면, 더 이상 견디시지 못하고 스스로 아씨에게 돌아가신다면, 누구도 애원하지 않을 때, 화해를 하지도 않은 채, 아씨를 사랑한다고 그대 없이는 못살겠노라고 고백한다면, 그땐 모든 게 폭삭 망하는 거죠 아씨는 결국 주인님이 자기 거라는 걸 알고는 마음껏 주인님을 비웃을 거예요. 그러니 주인님, 기왕 시간이 있으니 이 문제를 곰곰이 생각하고 또 생각해보세요. 어찌할 법도 한계도 없는 일에 대해서는 뭘 어찌해볼 게 없는 거예요. 사랑에는 원래 비난, 의심, 싸움, 휴전, 전쟁이 따르고 다시 평화가 오는 법이죠. 그러니 일상적인 규칙을 따르면 미치지 않는 것처럼, 그런 불확실한 일은 정해진 계획에 따라 하는 게 아니죠. 그리고 화가 나서 지금 생각하시는 것처럼, "그 여자가 나를 내쫓았지, 나를 들이지도 않았지, 그 작자를 더 좋아했지, 내가 아니고, 차라리 죽어버리자, 그럼 그 여자는 내가 어떤 사람인지 알게 되겠지"-글쎄요, 억지로 쥐어짜도 눈물 한방울 안흘릴 걸요. 아씨는 그런 멋진 말은 다 무시해 버리고, 주인님을 비난하고, 주인님은 아씨 수중에 놀아나게 될걸요.

파이드리아

왠 창피냐! 이제 그 여자가 얼마나 못됐는지, 내가 얼마나 비참한지 알겠다. 날 그토록 혐오하는데, 난 그럴수록 그 여자가 사랑스럽기만 하니, 눈을 뜬 채 운명을 들이받으며 아무리 생각을 짜내도 뭘 어떻게 해야 할지 모르겠다.

파르미노

무얼 어째요? 되도록 몸값은 조금만 치루고 포로 신세에서 풀려날 방법을 생각해 보자구요. 주인님이 그 일을 싼 값에 끝낼 수 없다면, 값을 치룰 수 있는 만큼 치루시고 괴로워하지는 마세요.

파이드리아

충고랍시고 말하는 거냐?

파르미오

주인님이 현명하시다면, 사랑 때문에 할 수 없이 해야 하는 고민 이상의 문제를 만들어 괴로워하지는 마세요, 그 고민은 제정신으로 견딜 수 있는 정도로만 하시고요. 저기, 우리에게 떨어질 수입을 가로 채고, 내 재산을 말아먹은, 아씨가 오네요.

제 2 장

자신의 집에서 타이스 등장

타이스(독백)

불행해 난. 어제 파이드리아가 자신을 내쫓았다고 무척 화가 났을 텐데, 내 행동에 대해 오해했을 거야.

파이드리아(파르미노에게 방백)

파르미노, 그녀의 모습을 보니 온 몸이 떨려.

파르미노(파이드리아에게 방백)

무서워하지 말고 불 가까이 가보세요, 그럼 곧 필요 이상으로 몸이 아주 따뜻해질 거예요.

타이스

누구세요? 아, 당신이군요, 안녕하세요, 파이드리아? 왜 여기 서 계신 거죠? 왜 우물쭈물하며 제 집에 들어오지 않고 계신 거예요?

파르미노(파이드리아에게 방백)

주인님을 내쫓고 문을 닫아버린 것에 대해선 한 마디도 없네요.

타이스

말씀이 없으시네요?

파이드리아(비꼬듯이)

왜냐면 이 문이 언제나 내게 열려 있고, 내가 당신의 사랑스런 애인이니까요.

타이스

아, 그 일은 신경쓰지 마세요

파이드리아

신경 쓰지 마세요! 아, 타이스, 타이스! 내가 당신을 사랑하는 딱 그만큼만 당신이 날 사랑한다면, 그렇게 똑 같이 반으로 딱 나뉘어 졌으면, 당신도 내가 상처 입은 만큼 심하게 상처를 입었을 텐데, 그렇지 않다면 내가 당신처럼 무심하든가.

타이스

사랑해요 파이드리아. 제발 괴로워하지 말아요. 내가 당신보다 다른 사람을 사랑해서 그랬을까봐요. 상황이 그래야만 했어요.

파르미노(비꼬며)

당연히 그랬겠죠. 그 자를 더 깊이 사랑하니 우리 도련님을 문 밖으로 내쫓았겠죠.

타이스

파르미노, 내게 막나가기로 작정했니, 파르미노? (파이드리아에게) 그래도 내가 왜 당신을 쫓아버릴 수 밖에 없었는지 들어보세요.

파이드리아

잘했다.

타이스

그보다 먼저, 이 녀석이 입을 닥치고 있게 해주실래요?

파르미노

왜, 내가? 아주 잘 알아들었어요. 그렇지만 잘 들어요, 난 딱 하나의 조건 아래에서만 비밀을 지키겠다고 약속할래요. 내가 들은 모든 게 진실일 때나 난 입을 다물 거예요. 그러나 그게 거짓이고, 사실이 아니고, 날조된 거라면, 당장 비밀을 불어 버릴 거예요. 내 입은 여기 저기 새서 모든 방향으로 흘러 넘치죠. 내가 조용히 있기를 원하면, 진실만을 말하세요.

타이스

제 어머니는 사모스(Samos) 출신이에요. 로데스(Rhodes)에서 사셨어요.

파르미노

그것에 대해선 입을 다물 수 있어요.

타이스

로데스에 살던 한 노예 중개상이 아테네(Athenes)에서 납치된 어린 여자애를 사서 우리 어머니에게 선물로 주었어요.

파이드리아

시민이였나요?

타이스

아마 그랬을 거예요. 확실히는 몰라요. 그 앤 자기 아버지와 어머니 이름을 우리에게 말했지만, 나라 이름이나 그 밖의 다른 특징에 대해선 아는 게 없었어요. 무슨 이유인지 나이도 기억 못했구요. 그 노예 중개상은 그 애를 데려 온 해적으로부터 그 애를 수니움(Sunium)에서 데려왔다는 말을 들었다고 했어요. 어머니는 그 애를 받아들이고 마치 친딸처럼 열심히 가르치고 키웠어요. 대부분 사람들이 그 애가 내 동생인줄 알아요. 그리고 얼마 후 난 내가 지금 갖고 있는 모든 재산을 내게 남겨준 애인이 된 낯선 남자와 이 지방으로 오게 되었지요.

파르미노

이 두 이야기는 거짓이에요. 말이 샐 것 같네요.

타이스

뭐가 거짓이냐?

파르미노

왜냐면 당신은 애인 하나에 만족할 수 없는 여자고, 그 자가 당신의 재산 전부를 준 게 아녜요. 여기 계신 파이드리아님이 당신 재산의 상당 부분을 주셨죠.

타이스

사실이에요. 그러나 내가 말하고자 하는 본론에 대해 이야기하도록 해줘요. 내 애인이었던 그 관리는 카리아(Caria) 지방으로 갔어요. 그가 없는 동안 난 당신을 알게 된 거구요. 그 때 이후로 당신이 얼마나 내게 소중한 친구였는지, 어떻게 내 모든 장래 계획을 당신에게 얼마나 시시콜콜 다 털어 놓았는지 스스로 잘 아실 거예요.

파이드리아

파르미노는 이 비밀도 떠들어댈 거요.

파르미노

하! 거긴 조금이라도 의심스러운 점이 있나요?

타이스

자 이제 잘 들어봐요. 제 어머니는 최근에 로데스에서 돌아가셨어요. 근데 삼촌은 돈이 될 만한 거에는 상식 밖으로 더 욕심을 냈어요. 삼촌은 그 애가 아주 피리도 잘 불고 예쁘게 생긴 것을 알고는 그 애를 이용해 돈 벌 궁리를 하고는 그 즉시 노예 시장으로 그 애를 데려가 팔아버렸어요. 아주 운이 좋게 지금 내 애인이 거기 있었고, 이런 사연은 하나도 모른 채 내게 줄 선물로 그 애를 샀지요. 그 이가 다시 왔구요. 내가 그 이를 만나며 당신과 관계를 지속하는 것을 알곤 그인 그 애를 내게 주지 않으려고 이리 빼고 조리 빼며 구실을 계속 만들고 있어요. 그 이는 내가 당신보다 자기를 더 좋

28

아한다는 확신이 들면 그 애를 주겠다고 말했어요. 내가 그 애를 갖고 나서 자기를 버릴 걸 걱정하지 않는다고도 했지요. 그러나 그게 그 이의 걱정거리예요. 내 의심은 그 이가 그 애에게 관심이 생긴 것 같다는 거예요.

파이드리아

더 이상 진도가 나간 것은 아니고요?

타이스

아니요, 물어봤거든요. 자, 파이드리아, 난 그이에게서 그 애를 떼놓아야 할 여러 가지 이유가 있거든요. 첫째, 그 앤 내 동생으로 통했어요. 그리고 난 그 애를 걔네 고향 사람들에게 데려다 주고 싶어요. 난 고독한 여자예요. 난 여기 친구도 친척도 없어요. 그러니까 파이드리아, 그 사람들에게 좋을 일을 해주고 댓가로 친구 몇 명을 갖고 싶은 거예요. 자, 빌께요. 이 일을 좀 더 쉽게 할 수 있도록 도와 주세요. 앞으로 이삼일간 그 대장이 나와 친히게 지내도록 해주세요. 기가 막혀! 대꾸도 않해요?

파이드리아

못되먹긴! 지금 그 따위로 행동하는데 내 무슨 말을 하란 말이요?

파르미노

우리 입장에선 당연하지요! 이 분도 마침내 화가 나신 거라구요. (파이드리아에게) 주인님은 사내대장부예요.

파이드리아

당신의 의도를 몰랐어요. "어린 여자 하나가 아테네에서 납치되었다. 당신의 어머니가 그 애를 친딸처럼 키웠다. 그 앤 당신의 여동생으로 통했다. 당신은 그 애를 고향 사람들에게 돌려주기 위해 그

애를 그 남자로부터 떼어놓고 싶다." 글쎄, 길고도 짧은 이런 이야
기 때문에 내가 쫓겨 나고 그 작자가 들어 갈 수 있었다. 왜? 정답
은 당신이 나를 사랑하는 것보다 그 자를 더 사랑한 거지. 그리고
당신은 그 자가 데려 온 소녀에게 애인을 빼앗길까봐 두려운 거구.

타이스

내가 그걸 두려워해요?

파이드리아

왜요, 그렇지 않으면 무엇 때문에 그렇게 안달하나요? 대답해 봐요.
그 자만이 당신에게 선물을 한 유일한 남자였나요? 난 당신에게 인
색했나요? 당신이 이디오피아 출신의 노예 여자 애가 필요하다고
말했을 때, 난 당신에게 그런 걸 찾기 위해 만사를 제치고 애쓰지
않았나요? 그리고 나서 당신은 내시가 필요하다고 말했어요. 공주
들이나 내시의 시중을 받는다고 해서 또 그런 자를 하나 찾아냈지
요. 그런 쓰잘데 없는 걸 위해 난 어제 어마어마한 돈을 치루었구.
당신이 나를 함부로 대했지만 잊지 않았고, 그래서 그 일을 해주자
당신으로부터 이런 수모를 받는 거고요.

타이스

자, 자, 파이드리아, 내가 그이로부터 그 애를 떼어놓고 싶어도 그
리고 그게 일을 처리하는 최선의 방법이라고 생각해도, 당신과 싸
우느니 차라리 당신이 내게 하라는 대로 하겠어요.

파이드리아

"차라리 당신과 싸우는 것보다"라는 말이 가슴으로부터 진실하게
나온 마음이길 바래요. 그렇게 말한 것이 진심이었다면 모든 것을
참을 수 있어요.

파르미노(방백)

한 순간에 홀딱 넘어가네. 말 한마디로 도련님을 꼼짝 못하게 하네.

타이스

정직하지 않았다면 난 불행한 여자예요. 억측이나 하시고 내게 농담으로라도 뭘 물어보기나 했나요? 그리고 딱 요 이틀만 허락해 주는 이런 친절을 베풀어주지 않으실 거예요?

파이드리아

만일 그게 딱 이틀이라면, 근데 그게 이십일이 될 수도 있을까봐 걱정이 돼서.

타이스

정말 이틀 이상은 안 걸릴 거예요. 아님-

파이드리아

'아님'이란 말은 안들을래요.

타이스

그 이상은 안걸릴 거예요. 그러니 이 일에 찬성해 주세요.

파이드리아

당신이 원하는 대로 해야만 하겠네요.

타이스

내 사랑은 당신 거예요. 정말 멋진 분이예요.

파이드리아

시골에 내려가서 이틀 동안 고행을 할게요. 결심했어요. 타이스의 기분을 맞춰줘야겠어. 파르미노, 그 노예 둘을 여기 아씨에게 갖다 드려.

파르미노

잘 알았습니다. (파르미노는 라체스의 집으로 간다.)

파이드리아

딱 요 이틀만 안녕이예요, 내 사랑 타이스

타이스

안녕, 내 사랑 파이드리아. 또 할 말 없어요?

파이드리아

당신에게 또 할 말? 네, 당신이 그 대장이랑 붙어 있을 때 정신은 떼어놓고, 그 이틀 동안엔 밤이고 낮이고 날 사랑하고, 날 그리워하고, 내 꿈을 꾸고, 날 기다리고, 내 생각을 하고, 날 희망하고, 내 마음 속의 모든 즐거움을 당신이 갖고, 완전히 내 꺼여야 해요. 한마디로 당신의 마음을 모두 내게 줘요, 내 마음이 모두 당신 것이듯이.(파이드리아는 그녀를 껴안은 후 그의 아버지 집으로 간다.)

타이스 (독백)

저렇게 나를 믿지 못하고, 다른 여자 말만 듣고 나를 판단하니 난 불행해. 양심에 따라 정직하게 말하지만 난 파이드리아에게 어떤 거짓말도 하지 않았고, 그 누구도 그 사람보다 사랑하지 않아. 무슨 짓을 하든 그건 그 여자애를 위해서야. 내가 바라는 것은 지체 높은 가문의 젊은이라는 그 애 오빠를 찾아 주는 것뿐이야. 그 사람이 오늘 방문 한다고 했지. 집에 가서 그가 오는 거나 기다리자. (그녀는 안으로 들어간다.)

제 2 막

제 1 장

파이드리아가 파르미노와 함께 그의 아버지의 집으로부터 나온다.

파이드리아

명령한대로 아가씨에게 그 노예 둘을 데려다 주는 것을 잊지마.

파르미노

네, 주인님.

파이드리아

조심스럽게 해야 한다.

파르미노

네, 주인님.

파이드리아

당장 해야 하다.

파르미노

네, 주인님.

파이드리아

하라고 한 말을 다 알아들은 거지, 더 이상 질문은?

파르미노

질문이라! 그 일을 하는데 어떤 어려움이 있을 듯이 말씀하시네요.
아유, 파이드리아님, 이런 선물일랑 쉽게 던져버릴 만큼 세상에 눈
을 좀 뜨세요!

파이드리아

차라리 그것들과 더 소중한 내 자신을 던져버릴 거다. 툴툴대지 마.

파르미노

전혀요, 분부대로 합지요. 더 이상 명령하실 건 없나요?

파이드리아

그래, 네가 쥐어 짤 수 있는 만큼 아름다운 말과 함께 선물을 드리고, 아씨로부터 그 놈을 몰아내는데 최선을 다해봐라.

파르미노

주인님이 그 말씀을 안하셨어도 그 일만을 줄곧 생각하는 중이예요.

파이드리아

난 이제 시골로 내려가서 거기에 머물러 있겠다.

파르미노

그러시라고 말씀드릴 참이었네요.

파이드리아

잠깐, 한마디만!

파르미노

뭘 원하시는데요?

파이드리아

넌 내가 그 동안 시골에 묻혀 참고 견딜 수 있을 거라고 생각하니?

파르미노

주인님이요, 결코 못하지요. 그렇게는 절대 못하실 걸요. 가자마자 되돌아 오시거나, 아님 밤새 잠도 못 주무시고 뒤척이다 다시 오시겠지요.

파이드리아

일을 열심히 해서 몸이 녹초가 되면 잠을 안잘 수 없을 거야.

파르미노

　주인님이요! 피곤해서 눈을 감지도 못하실 걸요. 그러실 게 뻔해요.

파이드리아

　흥, 틀렸어, 파르미노. 이 약점을 극복하고 말 거야. 난 내 자신에게 너무나 집착을 하지. 그녀 없이는 내가 아무 것도 못할 것처럼, 그렇더라도 사흘 정도는?

파르미노

　뭐라구요? 사흘을 온통? 뭘 하실지 잘해 보세요.

파이드리아

　결심했어. (파이드리아가 나간다.)

파르미노 (독백)

　맙소사, 어떻게 저렇게 화를 내시냐! 남자가 사랑에 빠지면 저렇게 완전히 변하니 같은 사람이라고 할 수도 없는 거지. 그럼, 그 분은 전엔 결코 어리석지 않았어, 엄격하신데다 참을성도 최고이셨지. (길을 내려다 보며) 여기 오는 저 사람이 누구더라? 식객으로 있는 그나소(Gnatho) 아냐. 오늘 저 자의 밥은 대장이야. 아씨에게 선물로 줄 그 여자애를 데리고 오는구나. 세상에, 정말 미인이다! 내가 데리고 가는 이 맥빠진 내시 때문에 모른 척 해야만 하지 않으면 더 놀랄 수 있을 텐데. 미모로 보자면 이 여자 애가 타이스보다 훨씬 낫다.

제 2 장

팸필리아(Pamphila)와 여종을 데리고 그나소 등장

그나소 (독백)

불멸의 신들이여, 어찌 한 인간이 다른 인간보다 그리 월등하게 나 을까요! 현자와 바보가 어찌 그리 다를 수 있을까요! 이런 생각이 드는 것은 이리로 오는 길에 내 자신과 비슷한 처지의 사람, 자신 의 팔자를 헤쳐나가고 있는, 나처럼 점잖은 한 사람을 만났기 때문 이예요. 그 놈은 지저분하고, 남루하고, 병색이 짙고, 허접하고, 나 이 들어 보였지요. "그 행색은 어디 식이요?" 내가 말을 걸었지요 그 자가 대꾸하길 "보시는 대로 불쌍한 귀신 꼴이지요. 재산을 잃 자 친구도 친척도 모두 날 버립디다." 이 말을 듣고 그자와 내 자신 을 비교하며 난 그를 경멸했어요. "맙소사." 내가 다시 받았지요. "정말 당신 신세가 비참하네요. 그래 수중에 한 푼도 건지지 못하 고 그렇게 깡그리 망해먹은 거요? 재산도 지혜도 다 말아 먹었수? 날 봐요. 나도 당신 같은 상황에서 출발했어요. 자 내가 얼마나 멋 진지, 얼마나 똑똑하고, 비싼 옷에, 팔자가 좋은지 보라고. 난 재산 은 한 푼도 없지만 모든 게 다 있어. 난 가난뱅이이지만 부족한 게 없어." "그러나" 그자가 하는 말이예요. "난 바보노릇을 하거나 두 드려 맞는 일 같은 것은 참지 못해." "뭐요" 내 말이예요. "그렇게 보이냐? 아주 잘못 봤어. 예전엔 그렇게들 먹고 살았지, 요즘엔 달 라. 사실 난 창의적인 사람이야. 모든 삶에서 일등이고 싶은 사람이 있지, 그렇지도 못한 주제에. 난 그럼 사람들에게 붙어먹고 살아.

그 사람들을 웃기기 위해 내가 나서는 게 아니라, 오히려 그 사람들을 보고 웃고, 그들의 바보같은 지혜에 놀랄 뿐이야. 그 사람들이 뭐라고 말하든지 난 일단 마구 칭찬을 해. 만일 그 사람들이 나중에 정반대의 것을 말해도 그 때도 칭찬을 해야지. 만일 "아냐" 라고 말하면 "아냐"라고 말하고, "맞아"라고 말하면 "맞아"라고 받아야지. 다시 말해 그 사람들이 뭐라고 말하든 동의를 해주고 거기서 이익을 챙기는 게 내가 만든 규칙이야."

파르미노 (방백)

맙소사, 똑똑한 분이네! 저 작자는 바보를 미친 놈으로 만들어 버리는군.

그나소

말하는 동안 벌써 가게에 도착했네. 모든 과자 장수들은 날 맞기 위해 기쁘게 뛰어 나왔고, 내가 밑천이 있거나 망해 먹었거나, 모든 생선 장수들, 푸줏간 주인들, 요리사들, 소시지 장수들, 어부들은 내가 필요하다고 해. 사람들은 내 팔자가 피기를 바라고, 저녁을 먹자고도 초대하고, 내가 오는 것에 기뻐하는 눈치야. 불쌍한 거렁뱅이들이 내가 존경받는 것, 아주 쉽게 삶을 꾸리고 있는 것을 보면 내게서 한수 배우려고 야단들이야. 난 날 따르라고 하지. 철학자의 제자들이 그들의 스승을 따라 이름을 붙이는 것처럼, 그 아첨꾼들은 모두 그나소파들이라고 불리게 될 거야.

파르미노 (방백)

다른 사람들이 밥을 먹여준 게 이 꼴불견의 결과를 낳았구먼!

그나소

어쨌거나 이 여자애를 타이스님에게 데려다 주고 저녁초대를 해야 해. 오, 여기 우리의 경쟁자의 종놈인 파르미노가 타이스님의 문 앞에 있군. 저놈이 소문에 시건방지다고 하던데, 알바 아니지만, 이놈들은 추위에 내팽겨쳐져야 돼. 이 건달놈을 데리고 장난이나 한 번 쳐볼까.

파르미노 (방백)

저놈들은 이 선물로 타이스님의 마음을 홀라당 사로잡아버렸다고 생각하나 봐.

그나소

그나소의 최고의 안부 인사를 친구 파르미노에게 전하는 바요. 근데 무엇을 하시나?

파르미노

가만히 서 있소.

그나소

그리 보이네. 뭐 언짢은 것이라도 눈에 띄셨나?

파르미노

응, 당신이 눈에 띄네.

그나소

그야 그렇겠지요, 그 밖의 다른 것은 없나요?

파르미노

뭐가 있어야 하나요?

그나소

당신이 풀이 죽어 보이길래.

파르미노

오, 아무것도 아니요.

그나소

그럼 그러지 말아요. 이 상품들을 어떻게 생각해? (팸필리아를 가리키며)

파르미노

아주 잘 생각한다, 빌어먹을 놈!

그나소 (방백)

내가 저 분통을 터뜨려야지.

파르미노 (방백)

제 멋대로 생각하라지.

그나소

타이스님이 이 선물을 어떻게 받을 거라고 생각하냐?

파르미노

그러니까 네가 의미하는 게 저 문이 우리를 향해 열리시 않을 거란 말이지. 글쎄, 꽉 막힌 길이 쭉 뻗어 있네.

그나소

파르미노, 네놈에게 앞으로 여섯 달 동안 휴가를 갖게 해 주지. 앞으로도 뒤로도 갈 길이 없으니 대낮까지 앉아 기다려. 너를 동정할 수 있다는 게 내겐 축복이야.

파르미노

나한테? 멋지군!

그라소

그게 내가 언제나 친구들을 대하는 방식이지.

파르미노

좋으시겠어.

그라소

내가 당신을 괜히 붙잡고 있네. 근데 어디 갈 데는 있는 거야?

파르미노

없어요.

그라소

그럼 작은 부탁을 하나 들어줘. 아씨께 들어가도록 허락을 얻어 줘.

파르미노

네가 해봐. 이 여자애를 데려다주면 아씨의 문이 활짝 너를 향해 열릴 거야.

그나소

나처럼 너희 집에선 네게 거지라고 한 사람은 아직 없나봐? (그나소는 팸필리아와 여종을 데리고 타이스의 집으로 들어간다.)

파르미노

이틀 후에 보자. 비록 지금 네 놈이 운이 좋아 고 쬐그만 손가락으로 문을 열수 있지만, 그 때는 네 놈이 몇 시간이고 쓸데없이 문을 들이받게 해주마.

그나소 다시 등장.

그나소

아니, 아직도 여기 있어, 파르미노? 아씨와 대장님 사이에 어떤 심부름꾼도 남몰래 오가지 못하게 보초라도 설 참이냐?

파르미노

좋은 생각이네! (그나소가 나가자 독백) 그 대장이 눈이 뻤구나. 여기 주인댁 작은 도련님이 오시네. 저 분이야말로 지금 쯤 보초를 서야할

40

텐데 어떻게 피라이우스(Piraeus)에서 빠져나오셨는지 모르겠네. 아주 중요한 일이 있나. 주위를 부지런히 살피면서 급하게 어딜 가시네.

제 3 장

급하게 카이리아(Chaerea) 등장

카이리아 (스스로에게)

어떻게 된 거야! 그 아가씨가 사라졌네. 눈앞에서 놓쳐버렸어. 어디서 찾지, 어디서, 누구에게 물어, 어디로 가서 그 아가씨를 찾을지 모르겠네. 딱 하나 희망은 그 여자가 어디에 숨어 있든지 오래 있지 않기만 바랄뿐이야. 아, 그 아름다운 모습하며! 그 순간부터 난 다른 여자들에 대한 기억은 다 지워 버렸어. 난 당신들의 그 흔해빠진 반지르르한 얼굴들에 지쳤어요.

파르미노 (방백)

저기 사랑에 대해 말도 안돼는 이야기를 떠벌리고 있는 인간이 또 하나 있네. 불쌍한 노친네! 만일 이 자식마저 시작을 하면, 노친네는 그가 미쳐서 저지를 짓과 비교해 형의 짓은 어린애 장난이었다고 말하게 되겠네.

카이리아

이 세상의 모든 남자신과 여자신은 오늘 날 방해한 노망난 늙은이나, 특히 그런 자를 허수아비처럼 전혀 신경 쓰지 않아, 그 자 때문에 멈춰 섰던 내게 저주를 내려라. 저기 파르미노가 있구나. 잘있었냐, 파르미노

파르미노

무슨 일로 그렇게 불안과 초조로 떨고 계세요? 어디서 오시는 길이 세요?

카이리아

나? 오, 내가 어디서 왔는지, 어디로 가는지 모르겠어, 완전히 내 정신이 아냐.

파르미노

왠 기도까지?

카이리아

사랑에 빠졌어.

파르미노

흠!

카이리아

파르미노, 지금이 네 가치를 증명할 때야. 네가 자주 내게 약속했잖아, "카이리아, 마음을 줄 누군가를 찾아 봐요. 그럼 내가 얼마나 필요한 인물인지 증명해 보일게요." 그런 말을 듣고 난 아버지의 식료품 창고에서 물건을 몰래 빼내 네 방으로 가져다 주었잖아.

파르미노

저리 가세요, 도련님도 어리석기는!

카이리아

네가 정말 그랬잖아! 자, 그 일이 너의 능력을 발휘할만한 가치 있는 일이라면 제발 약속을 지켜. 이 여자 애는 보통 여자 애들과는 달라. 보통 여자 애들은 어깨를 낮추고 끈으로 졸라매서 엄마들이 날씬해 보이도록 만들지. 만일 여자 애가 약간 뚱뚱하면, 엄마는 개가 권투

선수라고 말하고는 밥을 조금 주지. 아무리 자연이 애들을 잘 만들어 냈어도, 엄마들은 이런 식으로 여자 애들을 말라깽이로 만들어. 그 때문에 남자들은 걔네들과 사랑에 빠지게 되는 거야.

파르미노

도련님의 여자애는 어떻게 생겼어요?

카이리아

얼굴은 완전히 새로운 스타일이야.

파르미노

놀래라!

카이리아

타고난 혈색에 튼튼하고 건강해.

파르미노

나이는요?

카이리아

나이? 열여섯.

파르미노

한창 청춘이네.

카이리아

자 넌 강제로든지, 사기를 치든지, 애원을 하든지 그 애를 내 것으로 만들어줘야 해. 그녀를 내 것으로 할 수만 있다면 무슨 짓을 해도 상관안할게.

파르미노

글쎄요, 어느 집 애예요?

카이리아

　글쎄, 모르지.

파르미노

　어디 출신인데요?

카이리아

　그것도 몰라.

파르미노

　어디 살아요?

카이리아

　그것도 몰라.

파르미노

　걔를 어디서 봤는데요?

카이리아

　길에서.

파르미노

　어떻게 잃어버렸어요?

카이리아

　그게 바로 지금 하듯이 내 자신을 저주하고 있는 이유야. 아마 이
세상에 나처럼 불행한 인간은 또 없을 거야. 휴, 운이 없어도! 난 망
했어.

파르미노

　무슨 일인데요?

카이리아

　묻는 거냐? 넌 아버지 친척에다가 친구인 아르키데미데스(Archidemides)
를 알지?

파르미노

물론, 알지요

카이리아

그 여자 애를 쫓아가고 있는데, 그 노친네를 만났어.

파르미노

타이밍이 잘 들어맞지는 않았네요

카이리아

그래, 파르미노, 엉망진창이 되었어. 들어맞지 않는 정도가 아냐. 오늘이 아니었다면 거의 그 분을 여섯 달 정도는 못 뵈었다고 맹세할 참이었지, 정말 만나고 싶지 않을 때, 정말 만날 필요가 없을 때잖아. 아주 끔찍한 일이지, 안그러냐?

파르미노

물론 그래요

카이리아

그 분은 천천히, 등은 굽고, 몸은 떨며, 입은 헤 벌리고, 신음 소리를 내면서 내게 곧장 오셨어. "어이, 어이" 그 분이 말했지. "카이리아, 너 말이다." 난 멈추었지. "넌 내가 뭘 바라는 지 알지?" 그 분이 말했어. "아뇨" 내가 말했어. "말해 보세요" "난 내일 재판이 있다." 그 분이 말했어. "그래서요?" 내가 말했어. "잘 듣고 아버님께 가서 내일 일찍 와서 내 편의 증인이 되어달라고 잊지 말고 꼭 말씀드려라." 이 말을 하시는 동안 한 시간이 흘렀어. 그게 전부냐고 그 분께 여쭤 봤지. "됐다," 그 분이 말했어. 난 갔어. 내가 그 여자 애의 뒤를 쫓아 이 길로 들어서자, 그러는 동안 그 여자 애는 막 이 길로 내려가고 있었어.

파르미노 (방백)

그 여자 애가 타이스님에게 배달되는 선물인 줄 모르는 게 이상한데.

카이리아

내가 여기 오자, 그 여자 애는 흔적도 없이 사라졌어.

파르미노

그 여자 애와 같이 가는 사람이 있었어요?

카이리아

맞아, 아첨꾼과 여종이 하나 있었어.

파르미노

그 사람들이군. 됐어요. 걱정 붙들어 매세요. 다 되었어요.

카이리아

왠 뚱딴지 같은 소리야.

파르미노

아뇨. 바로 그 말을 하고 있는 거예요.

카이리아

그 여자 애가 누군지 알아? 말해봐. 그 애를 본적 있어?

파르미노

봤어요. 알아요. 그 애가 어디로 들어갔는지 알아요.

카이리아

뭐라고 파르미노, 그 애를 알아, 어디 있는지 안다고?

파르미노

그 여자 애는 이 집으로 갔어요, 타이스님의 집, 기생, 그 분에게 선
물로 배달되던 거예요.

카이리아

그런 선물들을 줄만큼 힘 있는 그 사람은 누구냐?

46

파르미노

    파이드리아의 경쟁자, 군인 쓰라소(Thraso)예요.

카이리아

    네 말로 판단해보면 형 상대로는 버겁겠다.

파르미노

    글쎄요, 그 자의 선물과 파이드리아가 보낸 선물을 비교해 보면 그렇게 말하게도 돼 있어요.

카이리아

    그 별난 선물은 뭔데?

파르미노

    내시.

카이리아

    뭐, 형이 어제 산 게 고자인 못생긴 늙은이란 말야?

파르미노

    그 자예요.

카이리아

    형은 선물이랑 같이 문 밖으로 내팽겨쳐져 버릴 거야. 근데, 난 타이스가 우리 이웃에 사는 줄 몰랐어.

파르미노

    얼마 않되었어요.

카이리아

    그 여자를 한 번도 못 본 게 이상한데. 소문대로 그 여자가 그렇게 미인이냐?

파르미노

    오, 그럼요.

카이리아

그래도 내 애인보다는 못하겠지.

파르미노

그 문제랑 달라요.

카이리아

파르미노, 제발 애원할께, 그녀가 내 것이 되도록 도와줘.

파르미노

최선을 다해 보지요, 도련님을 도와서, 그렇게 해드리기로 결심했어요. 또 시키실 것은 없으세요?

카이리아

지금 어디 가니?

파르미노

집에요 도련님 형님이 명령하신 대로 노예들을 타이스님께 데려다 주어야 해요

카이리아

운도 좋은 내시이구나. 이 집에 선물로 갈 운이 있으니!

파르미노

왜요?

카이리아

왠지 몰라? 저자는 동료 노예가 된 그 미인을 집안에서 항상 볼 거잖아. 그녀에게 말을 걸고, 그녀와 한 지붕 아래에 있고, 가끔은 그녀와 식사도 같이 하고, 어쩌다가는 그녀 가까이서 잘 수도 있고

파르미노

만일 도련님이 그 운이 좋은 사람이 될 수 있다면요?

카이리아

어떻게, 파르미노. 말해 봐.

파르미노

그 고자의 옷을 입으면 되지요.

카이리아

그 고자의 옷, 그리고 나서는?

파르미노

그 고자 대신 도련님을 데려다 주지요.

카이리아

진짜지.

파르미노

도련님이 그 고자라고 말할게요.

카이리아

알아 들었어.

파르미노

도련님은 방금 전에 부러워하던 것을 즐기실 수 있을 걸요. 두 여자 분이 도련님을 본 적도 없고, 도련님이 누군지도 모르니, 그 여자애 와 같이 밥 먹고, 함께 있고, 만지고, 같이 장난하고, 가까이서 잠잘 수 있어요. 게다가 도련님은 고자와 비슷한 데다가 고자가 될 고 나 이예요.

카이리아

훌륭한 계획이야! 네 충고 중에 최고야. 자, 당장 들어가자. 자 빨리 옷을 바꿔입을테니 데려다 줘.

피르미노

뭘 하자고요? 농담한 건데.

카이리아

　말도 안돼! (그는 문을 향해 파르미노를 민다.)

파르미노 (방백)

　졌다. 내가 무슨 일을 저지른 거지, 운이 없는 건가? (카이리아에게)
어디로 떠미는 거예요? 엎어지겠어요. 그만 하세요!

카이리아

　자 빨리!

파르미노

　정말 그러실 거예요?

카이리아

　결심했어.

파르미노

　생각해보니 장난치곤 심한 것 같은데요.

카이리아

　전혀, 난 그렇게 할 거야.

파르미노

　벌은 제가 받구요.

카이리아

　그럴까?

파르미노

　우리가 하려는 짓은 범죄예요.

카이리아

　날 기생집에 데려가는 게 불법이라는 거냐? 우리 젊은이들을 비웃
고, 모든 면에서 우리를 괴롭히는 그런 골칫덩이에게 되갚아 주는
게? 그 여자들이 우리를 속여서 내가 그들을 속인다고? 넌 우리 아버

50

지에게 못된 장난을 치는 것이 더 나은 짓이라고 생각하냐? 내가 한 일을 들으면 모두가 나를 비난하면서도, 내가 그녀에게 제대로 행동했다고 할 게다.

파르미노

자, 자, 그렇게 하시려고 작정하셨다면, 그렇게 하셔야죠. 그러나 나중에 오는 비난을 제게 뒤집어씌우진 마세요.

카이리아

안그럴게.

파르미노

자, 내게 그걸 하라고 부탁하시는 거예요?

카이리아

네게 부탁? 난 네게 강요하고 명령한다. 난 결코 의무를 회피하진 않아.

파르미노

자 저를 따라 오세요. 하늘이 이 모험에서 우리 편이 되주기나 바라지요. (그들은 라체스의 집으로 간다. 다음 막이 시작되기 전까지 이 삼분이 흐른다.)

제 3 막

제 1 장

쓰라소와 그나소 등장

쓰라소

그러니까 타이스가 내게 그렇게 고마워하였다고?

그나소

아주 많이요.

쓰라소

즐거워하디?

그나소

네, 선물 자체보다는 주인님이 선물을 주었다는 사실이 좋으셨던 것 같아요. 아씨를 얻으신 거지요.

다름 사람들 눈에 띄지 않게 파르미노 등장

파르미노 (독백)

저 놈들을 넘겨줄 적당한 기회를 엿보며 요기 숨어 있어야겠다. 여기 대장이 오네.

쓰라소

내 고 특별한 선물을 주었으니, 뭐를 하던지 그녀의 환심을 온통 차지한 거지.

그나소

그럼요, 제 눈으로 본 걸요.

쓰라소

왕도 내가 무엇을 하던지 진심으로 고마워했지, 왕이 다른 사람한테는 절대 않그렇거든.

그나소

주인님처럼 현명한 분은 말로 부귀를 얻으나 보통 사람들이야 열심히 노력해서야 겨우 얻겠지요

쓰라소

딱 맞추었다.

그나소

그러니 왕께서도, 아마, 그래서 주인님을 언제나

쓰라소

물론이지.

그나소

바로 눈 앞에.

쓰라소

그럴 수밖에, 왕께서는 군대 전체와 모든 작전을 내게 일임하신다.

그나소

훌륭해요!

쓰라소

그리고 왕께서는 주위 사람이나 국정이 지겨워지시면, 휴가가 필요하시면, 넌 모를게다

그나소

알 수 있을 것 같아요. 그걸 원하시면, 그러니까, 모든 근심을 덜어버리시고 싶으시면.

쓰라소

맞아, 그땐 다른 사람 말고 나만을 데리고 다니셔.

그나소

아이구, 주인님 설명을 들으니, 왕께서는 남다른 감각이 있으신 분인
가봐요.

쓰라소

그런 사람이고 말고, 그 분은 친구들이 많은 게 별로인 것 같애.

그나소 (방백)

분명히 아무도 원하지 않겠지, 그 사람도 너 같은 거랑 살아 보았다면.

쓰라소

모두 나를 질투하고 몰래 흠을 잡아. 난 눈 깜짝 안해. 사람들이 모두
질투로 눈이 멀만해. 그 자들 중 특히 인도 코끼리를 관리하는 자는
더 심해. 그 자가 보통 때보다 더 공격적이 되면 난 그 자에게 말하
지, "이봐, 스트라토(Strato), 자넨 야생 동물 사육사라서 그렇게 사나
운가?"

그나소

저런, 재치있고 현명한 말씀이세요-멋져요! 그 자의 말문을 막아 버
리셨네요. 그 자가 뭐라고 말하던가요?

쓰라소

벙어리가 됐지.

그나소

물론, 그 자가 그리 될 수밖에요.

파르미노 (방백)

세상에! 주인은 치사스럽고 뻔뻔스런 야만인이고 종놈 역시 완전히
악당이구나!

쓰라소

그나저나 그나소, 내가 와인 파티에서 그 로데 사람들(Rhodian)을 어떻게 꼼짝 못하게 했는지 아냐! 내가 그 얘기를 해주었냐?

그나소

아니, 그래도 한번 해보세요. (방백) 내 그 얘기라면 천 번도 더 들었다.

쓰라소

언젠가 파티에서 내가 전에 이야기한 그 로데 사람들을 만났어. 난 우연히 기생 하나와 함께 있었지. 그 자가 이런 저런 비유를 들더니 나를 갈구드라고 "이보시오" 내가 말했지. "당신 무례하군요! 토끼 주제에 사냥을 나서는 꼴이군."

그나소

하, 하, 하!

쓰라소

왜 그러냐?

그나소

아주 현명하세요, 말씀도 잘하시고, 고급스럽고, 최고예요 근데 궁금한 게 있는데 그 농담 주인님이 만든 거예요? 어디서 많이 들어본 거 같아요.

쓰라소

왜, 그 얘기를 전에 들어본 적이 있느냐?

그나소

가끔. 아주 훌륭한 농담이라고 생각했었죠.

쓰라소

내가 만든 거야.

그나소

그래도 그런 말을 그렇게 순진한 신사분에게 하신 것은 너무 하셨어요.

파르미노 (방백)

저주나 떨어져라!

그나소

그래서, 그 자는 뭐라고 했어요?

쓰라소

그 잔 갑자기 놀랐고, 모두 웃음바다가 됐지. 그리고 나자 사람들은 모두 날 두려워하더라구.

그나소

당연해요.

쓰라소

그런데, 내가 그 소녀와 사랑에 빠졌다고 타이스가 의심을 하는데 이제 소녀에 대해서는 완전히 결백하단 걸 증명해야겠지?

그나소

천만에요. 오히려 아씨가 더 주인님을 의심하도록 만들어야죠.

쓰라소

왜?

그나소

왜냐고 묻는 거예요? 아씨가 파이드리아라고 말하거나 칭찬할 때마다 얼마나 나리를 힘들게 했는지 기억나세요?

쓰라소

지금도 그래.

그나소

자, 이게 주인님 상처를 아물게 할 유일한 약이예요. 아씨가 파이드
리아라고 이름을 말하면 나리는 거기 대고 팸필리아라고 말하세요.
만일 아씨가 "파이드리아에게 우리와 같이 식사하자고 초대해요" 하
면 "우리 팸필리아를 불러 노래 부르라고 해요." 라고 하고, 아씨가
그 사람의 모습을 칭찬하면 나리는 그 소녀를 칭찬하고, 아씨가 아하
면 나리는 오하고, 아씨 편에서 나리를 질투하게 만드세요.

쓰라소

만일 그녀가 날 사랑한다면 그거야말로 효과가 있겠다, 그라소.

그라소

아씨가 나리가 보내신 선물을 보고 좋아하더니만 오래 동안 나리를
사랑하게 된 거지요. 나리는 오래 아씨를 약올릴 수 있게 된 거고요.
아씨는 이제까지 자신이 챙겨온 이익을 주인님이 흥분해서 다른 사
람에게 줄 수도 있다는 게 인제나 두려울 거예요.

쓰라소

잘 맞아떨어지는구나. 그 생각은 전혀 못했다.

그나소

말도 안돼요! 그걸 생각도 못했다고요! 생각을 하셨더라면 얼마나
잘 하셨을까요, 쓰라소님!

제 2 장

타이스 집으로부터 타이스와 피시아스(Pythias) 등장

타이스

방금 대장의 목소리를 들은 것 같은데. 아 저기 계시네. 어서 오세요, 쓰라소님!

쓰라소

오! 타이스, 내 사랑, 어떻게 지내? 당신에게 보낸 피리장이 선물이 괜찮았어?

파르미노 (방백)

꼴불견들이네! 오자마자마자 선물 타령이야.

타이스

너무 감사해요

그나소

그럼 저녁이나 드시지요. 왜 가만히 서 계세요?

파르미노 (방백)

저자도 한 인간 하네요. 여러분은 저 자를 인간이라 부르실 거지요?

쓰라소

언제라도 좋아요, 난 준비됐어.

파르미노 (방백)

내 저자들에게 가서 막 온 것처럼 해야지. (크게) 어디 가세요, 타이스님?

타이스

오, 파르미노! 잘 왔어. 막 나가려고-

58

파르미노

어디?

타이스 (방백)

뭐! 저기 저분 안보여?

파르미노 (방백)

네, 저 작자가 보이네요. 그러니 구역질이 나지. 파이드리아의 선물을 보시려면 언제라도 말씀만 하세요.

쓰라소

뭐 때문에 우리가 여기 서 있는 거지? 왜 안가요?

파르미노

죄송하지만, 제가 가져온 선물을 여기 타이스님께 전해드리고 아주 잠깐 동안만 이야기를 하게 허락해 주세요.

쓰라소 (빈정거리며)

보나 마나 내 선물만큼 좋은 선물을 보내셨겠지.

파르미노

쇼가 시작됩니다. 자, 저기! (안에 있는 노예들에게) 그들더러 당장 집에서 나오라고 이야기해 줘요. (흑인 여종과 변장한 카이리아 등장) 자 이리와, 아가씨들. 이 여종은 이디오피아에서 곧장 왔습니다.

쓰라소

세 푼은 들었겠다.

그나소

그 정도도 아니죠.

파르미노 (카이리아에게)

도루스, 어디 있냐? 이리 와봐. 이 자가 아가씨를 모실 내시입니다. 정말 잘생기고, 젊지요!

타이스

정말 잘생겼네.

파르미노

그 나소, 벙어리가 됐어? 흠을 좀 잡아 보시지? 쓰라소님, 어때요? 아무 말도 없네. 그게 칭찬이지. (타이스에게) 문학, 운동, 음악 문제를 내서 그를 시험해 보세요. 아마 귀한 집 자제가 알아야 하는 모든 것을 척척 해낼 걸 보장해요.

쓰라소 (그 나소에게 방백)

술 근처에도 안 간 맨 정신이라 해도 저 내시에게는 반하겠다.

파르미노

저들을 선물하신 분께서는 아씨가 그 분을 즐겁게 하기 위해 문을 닫아걸고 다른 사람을 멀리하거나 오직 그 분만을 위해 사시는 것은 기대하지도 않으십니다. 모씨가 그러듯이 싸움이나, 상처를 보여주는 것으로 아씨를 힘들게 하거나, 씨를 방해하지도 않고, 오직 아씨에게 방해가 안될 때, 아씨가 그 분을 만나고 싶어 하실 때, 그 분을 위해 시간을 내실 수 있을 때, 만나는 것만으로 만족하십니다.

쓰라소

이 종놈은 가난하고 천박한 주인에게 딸려 있나보네.

그 나소

네, 맞아요! 돈이 주머니에 넉넉해 다른 사람을 살 수만 있다면 저런 놈을 못 참지요.

파르미노 (그 나소에게)

입 닥쳐라! 내 생각에 넌 인간 중에 제일 하질이야. 만일 네 놈이 지금 이자와 같은 처지가 되면, 화장터의 장례식 장작더미 위에서라도 음식을 훔칠게다.

쓰라소

자 그만 갈 시간이 안됐나?

타이스

난 이 사람들을 먼저 집에 데려다주고 몇 가지 일러두고 올게요 그 일을 끝내면 곧장 올게요 (타이스는 피시아스와 카이리아, 검둥이 여종과 집안으로 간다)

쓰라소 (그나소에게)

난 갈테니, 넌 여기서 아씨를 기다려라.

파르미노

이건 전쟁터의 사령관이 애인을 데리고 길을 따라 걷는 것 같이 꼴불견이네요.

쓰라소

내가 왜 쓸데없이 너랑 말하고 있지? 늬 놈은 꼭 네 주인 닮아처먹었구나.

파르미노 퇴장

그나소

하, 하, 하!

쓰라소

뭘 보고 웃냐?

그나소

방금 하신 말씀 때문에, 그리고 그 로데사람들이 생각나서요 여기 아씨가 오시네요.

피시아스와 시종들을 데리고 타이스 등장

쓰라소

　먼저 집에 가서 모든 준비가 잘 되었는지 좀 챙겨 봐라.

그나소

　알겠습니다. (그나소 퇴장)

타이스

　자, 피시아스, 만일 크리미스가 여기 들르면, 그에게 좀 기다리라고
해. 만일 그게 여의치 않으면, 나중에 다시 들릴 수 있을 때 들리라고
해. 만일 그것도 안된다면, 그를 내게 데려와.

피시아스

　네.

타이스

　자, 네게 말하려고 했던 게 뭐였더라? 아, 알았다. 아가씨를 잘 보살
펴 드려, 종일 집에 붙어있고 (피시아스 안으로 들어간다.)

쓰라소

　갑시다.

타이스 (여종들에게)

　따라와. (타이스는 쓰라소와 퇴장하고, 여종들이 그녀의 뒤를 따른다.)

제 3 장

　　　　　　　　　　　　　　　　　　　　　　　크리미스 등장

크리미스 (독백)

　정말, 그 일을 생각하면 할수록, 이 타이스란 여자가 내게 아주 큰
실수를 했다는 확신이 드네. 나를 부르러 사람을 보낸 그 첫 순간부

터 그 여자는 교묘하게 나를 파괴시킬 계략을 꾸민 거야. 누구라고 내게 물어보면서, "그 여자애 와는 무슨 관계예요?" 난 그 여자를 모르잖아. 내가 그 여자를 만나러 왔을 때 그 여자는 나를 보고 붙잡아 둘 구실을 찾았지. 그 여잔 자신이 제사에 참여하고 있다는 둥, 진지한 이야기를 나와 나누고 싶다는 둥, 그래 그 때도 그 여자가 어떤 나쁜 목적을 갖고 이 모든 일을 꾸미고 있다고 의심이 들었었지. 그 여자는 나와 식탁에 앉아서 내게 호감을 보이더니, 이야기를 꺼내려고 했었지. 그게 시시해지자 내 아버지와 어머니가 돌아가신 지 얼마나 되었느냐고 물었어. 그 여자에게 말했지. "아주 오오래 됐어요." 그 여잔 수니움에 농장이 있냐, 그게 해변에서 얼마나 떨어져 있냐는 것들을 물었어. 난 그 여자가 그것에 욕심이 있어서 그걸 빼앗으려고 하는 줄 알았지 뭐야. 그리고 마지막으로 거기서 잃어버린 여동생이 있는지, 잃어버렸을 때 누구랑 있었는지, 몸에 무엇을 지니고 있었는지, 누가 그녀를 알아봤는지 물었어. 뭣 때문에 이런 질문들을 했을까? 만일, 그 여자가 자신이 잃어버린 내 여동생이라고 믿지 않으면 말야. 그렇게 말했다면 아주 뻔뻔스러운 거지. 그러나 그 애가 살아 있다면, 열여섯은 안되었을 테니. 근데 타이스는 나보다도 나이가 더 먹은 것 같아. 그리고 이제 그 여자가 다시 들려 달라고 하며 초청을 하잖아. 그 여자는 뭘 원하는지를 말하던지, 아님 날 귀찮게 하는 것을 그만 두던지 해야 해. 난 세 번은 오지 않을 거야. 이봐! 여기! (노크하며) 누구 있어요? 크리미스라고 합니다.

타이스의 집에서 피시아스 등장

피시아스

오, 조 귀여운 것! 우리가 기다리는 바로 그 남자네.

크리미스 (방백)

저자들이 내게 음모를 꾸미고 있군.

피시아스

내일 들려달라고 아씨가 간절히 부탁했어요.

크리미스

난 이 마을을 떠날 건데요.

피시아스

제발 오세요.

크리미스

못온다고 말하잖아요.

피시아스

그럼 아씨가 오실 때까지 저희 집에서 좀 기다리세요.

크리미스

절대 안돼요.

피시아스

왜 안돼요, 크리미스님?

크리미스

지옥에나 떨어져.

피시아스

자, 정 기다리지 않으시겠다면, 아씨가 계신 곳으로 가시지요.

크리미스

그리 가지요.

64

피시아스 (막 집에서 나온 도리아스에게)

　　꾸물대지 마, 도리아스 빨리 이 신사분을 대장님 댁으로 모셔다 드
　려. (크리미스와 도리아스 퇴장. 피시아스는 집으로 다시 간다.)

제 4 장

　　　　　　　　　　　　　　항구로부터 앤티포(Antipho) 등장
앤티포 (독백)

　　어제 우리 젊은 것들 몇은 피라이우스(Piraeus)에서 돈을 각출해서
　오늘 저녁을 함께 먹자고 했어. 우린 그 일을 주선하도록 카이리아를
　뽑아서 약속의 징표로 모두 반지까지 맡겼어. 시간과 장소는 함께
　정했지. 근데 벌써 시간은 한참 지났는데 약속 장소엔 개미새끼도
　보이지 않네. 어이가 없어 말이 다 안나오네. 다른 친구들이 그 친구
　를 찾아오라고 하니 십에나 있는지 가 봐야지. (타이스의 집 분가에
　카이리아 나타난다.) 타이스의 집에서 나오는 게 누구야? 그 친구 아
　냐? 그 친구네. 근데 왜 꼴이 저모양이지? 옷 꼬라지는 뭐고? 왠 귀신
　씨알 까먹는 짓이냐! 깜짝 놀랐네. 무슨 일이지. 무슨 일이 일어나는
　지 여기 잠시 멈춰서, 아니 조금 떨어져, 무슨 일이 벌어지는 지 알아
　내야겠어.

제 5 장

초조하게 둘러보며 카이리아 등장

카이리아 (독백)

여기 아무도 없나? 없네! 누구 날 따라 오는 사람은 없어요? 그림자도 없네. 아휴 재미있어 죽겠다. 그래 죽을 수는 없지, 저승 간 사이 누가 요 재미를 망치면 어떻게 해. 근데 웬일로 어디를 가든 쫓아다니며 내가 왜 황홀해하는지, 뭐에 흥이 나 있는지, 어디를 가는지, 어디서 왔는지, 어디서 이 옷이 났는지, 뭘 찾는지, 내 정신인지 아닌지 질문을 퍼부으며 귀찮게 굴고 싫증나게 만드는 그 인간이 안 보이냐?

앤티포 (방백)

그에게 말을 걸어서 그가 원하대로 선심을 베풀어 주지. (크게) 카이리아, 뭐가 그렇게 좋아 죽냐? 이 옷 꼴은 뭐야? 왜 그렇게 신이 났어? 제 정신이냐? 왜 나를 뚫어지게 봐? 왜 말을 않해?

카이리라

오 행복해라! 어서와, 친구, 너 이외에 나를 알아본 사람은 없다.

앤티포

무슨 일인지 내게 털어놔.

카이리아

내가 빈다. 제발 내 이야기를 좀 들어 줘. 우리 형 애인이 이 집에 사는 거 너 아니?

앤티포

응, 타이스말이라면.

카이리아

그 여자.

앤티포

그러면 알지.

카이리아

타이스가 오늘 선물을 하나 받았어. 앤티포, 자네에게 그 소녀의 모습을 이야기하거나, 칭찬을 할 필요 없겠지. 내가 얼마나 여성의 아름다움에 대해서 까다로운지 넌 알거다. 여성의 미에 대해서 말하는 거야. 그 소녀가 나를 이겼어.

앤티포

무슨 말을 하는 거야?

카이리아

네가 그 소녀를 보기만 하면 너도 당장 그 여자 애가 세상 모든 여자 중에 가장 사랑스런 여자라고 할 거다. 간단히 말해 난 사랑에 빠졌어. 운이 좋게 우리 형이 타이스에게 선물을 하려고 사서 집에 두고 아직 보내지 않은 내시가 있었어. 우리집 노예 파르미노가 힌트를 줘서 알아챘지.

앤티포

그게 뭔데?

카이리아

입 다물고 듣기나 해야지 빨리 이야기하잖아. 내가 그 내시와 옷을 바꾸어 입고 파르미노에게 그 자 대신 나를 거기 데려다 주게 했지.

앤티포

내시 대신?

카이리아

　정확해.

앤티포

　그렇게 해서 뭘 얻었는데?

카이리아

　뭐? 앤티포 난 내 사랑을 가까이서 보고, 듣고, 함께 할 수 있잖아.
그게 최소한의 당연한 이유이지. 기가 막혀서, 넌 그걸 질문이라고
하고 있는 거냐? 내가 그 여자에게 선물로 주어지자, 그 여자는 당장
나를 차지하더니, 아주 좋아서 나를 집으로 데리고 가, 나더러 내 애
인을 시중들라고 하더라.

앤티포

　뭐? 시중을 들게 해?

카이리아

　응, 내게.

앤티포

　안전하게 보호하라고, 응?

카이라아

　그 여자는 그 여자 애 가까이 아무 남자도 얼씬 못하게 하고, 내가
그 곁을 떠나지 말고 지키고, 단둘이만 집 안에 있으라고 명령을 했
어. 난 그렇게 하겠다고 겸손하게 눈을 내리 깔고 대답했지.

앤티포 (비웃듯이)

　멍청한 여자 같으니!

카이리라

　그 여잔 "난 저녁 초대가 있어 나가요" 하고 말하더니 여종들을 데리

고 나갔지. 두 세명의 여종들은 그녀의 시중을 들기 위해 남아서 곧 장 그녀의 목욕 준비를 하고 있었고 난 그 여자들에게 빨리 하라고 성화했지. 여자들이 준비하는 동안 그 소녀는 황금 소나기를 뚫고 주피터가 다이아나의 무릎에 내려앉는 그림을 보며 방에 앉아 있었 어. 나도 그림을 보면서 인간으로 변장을 하고, 여자를 데리고 놀기 위해 몰래 소나기 속에 다른 남자의 침실에 뛰어든 신과 똑 같은 장 난을 할 생각에 마구 달아올랐지. 신들 중에 누가 그 짓을 했냐? 바 로 천둥으로 하늘을 가른 그 신이야. 기껏 인간에 불과한 내가 신이 한 똑 같은 짓을 못할까봐? 아니지, 난 할 수 있어, 그것도 진실한 사랑으로. 이런 궁리를 마음 속으로 하고 있는 동안 여자들이 소녀를 목욕탕으로 불렀고. 그녀는 가서, 목욕을 했다, 다시 왔고, 여자들이 소녀를 소파에 앉혔어. 난 명령을 기다리며 서 있었고, 그들 중에 하 나가 와서 말했지. "이리 와, 도루스(Dorus), 부채를 들고 우리가 목 욕하는 동안 이렇게 아가씨에게 부쳐드려. 우리 목욕이 끝나고 너도 목욕하고 싶으면 해도 돼." 난 부채를 퉁명스럽게 받았지.

앤티포

오! 네가 부채를 들고 서서 그 멍청이들을 쳐다볼 때, 퉁명스런 네 얼굴과 그 꼬라지를 봤어야 했는데.

카이리아

그 여자가 이 말을 끝내기도 전에 주인이 나가면 종들이 의례 그러 듯이 여자들은 수다를 떨며 목욕을 하러 뛰어나갔지. 그러는 동안 그 소녀는 잠이 들었고 난 부채 너머 그녀의 옆 모습을 계속 훔쳐

보았지, 이렇게. 동시에 주위에 아무도 없는지 돌아 봤지. 아무도 없
는 걸 확인하고 문을 잠갔어.

앤티포

그리고 나서?

카이리아

뭐라고? 그리고 나서 뭐? 그런 멍청한 질문을!

앤티포

그건 그렇다.

카이리아

내가 그런 기회를 잃을까봐, 그렇게 한 순간에, 그렇게 목을 매던,
뜻밖에 행운이 굴러들었는데? 그런 기회를 잃었다면 난 정말 지금
내 꼴 그대로 그거겠다.

앤티포

네 말이 맞다! 그러나 저러나, 우리 저녁은 어떻게 됐냐?

카이리아

준비 완료.

앤티포

잘했어! 어디, 너희 집?

카이리아

아니지, 노예에서 해방된 디스커스(Discus) 집으로.

앤티포

너무 멀잖아.

카이리아

아주 빨리 걸으면 돼.

앤티포

그럼 옷이나 갈아 입어.

카이리아

어디서 갈아 입지? 빌어먹을! 형이 집에 있을까봐 집에 못가고. 아버지가 농장에서 지금쯤 돌아오실 수도 있어.

앤티포

우리 집에 가자. 옷을 갈아입기엔 거기가 제일 가깝겠다.

카이리아

굳 아이디어. 자 가자. 그리고 그 여자 애를 어떻게 손아귀에 넣을지 머리를 짜봐.

앤티포

알았어. (앤티포와 카이리아 퇴장한다.)

제 4 막

제 1 장

도리아스 등장

도리아스 (독백)

하느님 맙소사! 그 대장 하는 짓을 보니, 그 미친 놈이 난동을 부리고 타이스를 다치게 할까봐 무섭데. 그 여자 애의 오빠, 크리미스라는 젊은 양반이 거기 왔을 때, 아씨는 대장에게 그를 초대하자고 청했지, 대장은 곧 화를 냈지만 감히 "싫어"라고 말하진 않았어. 그러자 타이스님은 계속 그를 들어오게 하자고 졸랐어. 아씨는 그 남자를 가까이 두고 싶었던 게지. 근데 그게 아씨가 그 자의 여동생에 대해 꼬치꼬치 물을 좋은 기회는 아니었던 거야. 쓰라소는 그를 달가와하지 않으면서 초대했고, 거기 있게 됐지. 아씨는 그 자에게 말을 걸기 시작했어. 그러자 대장은 자기 앞에 경쟁자가 생겼다고 생각하고는 불쾌해졌어. "야, 팸필리아를 불러 우리에게 연주를 하라고 해." 아씨가 소리질렀어. "안돼요! 그 애를 와인 파티에 불러 오는 건 말도 안돼요." 대장은 고집을 부렸고, 그들은 싸웠어. 그러는 동안 아씨는 조용히 보석을 풀어서 내게 주고 집에 가져다 놓으라고 했지. 그건 가능한 빨리 아씨가 떠나겠다는 의미인 거야.

제 2 장

시골에서 파이드리아 등장

파이드리아 (독백)

사람이 걱정이 많으면 그러듯이, 난 시골로 가는 도중 최악의 것만을 상상하며 이 생각 저 생각에 빠져들었어. 글쎄, 그런 생각을 하며 깜빡 농장을 지나쳤지. 지나친 걸 알아챘을 땐 농장에서 한참 떨어져 있었어, 그래 기분이 안좋아 다시 걸어갔지. 이 생각이 퍼뜩 떠오르자 난 가만히 서서 마구 생각하기 시작했어. "난 여기 이틀이나 그녀 없이 머물러야 해. 그리고 나서는? 도루아미 타불이 되지. 뭐? 꽝?

그러나 그녀를 만지지 못하는 게 보지도 않아야 한다는 것은 아니잖아? 하나라도 못하면 다른 하나는 해야 하잖아. 그게 아주 하찮은 존재라도 그 여자의 애인들 중 하나가 되는 의미잖아. 난 농장을 고의로 지나쳤어. 그런 거 알게 뭐야? 근데 왜 피시아스가 귀신에게 머리채를 휘둘린 것처럼 놀래 뛰어갔지?

제 3 장

다른 사람은 안중에도 없다는 듯 피시아스가 집에서 나온다.

피시아스

이를 어째, 어디서 그 사악한 놈을 찾지? 어디서 찾아? 그 놈이 그런 파렴치한 범죄를 저지르다니!

파이드리아 (방백)

이것 큰일 났나보네! 이게 무슨 끔찍한 소식이냐.

피시아스

더럽힌 것도 모자라 상처를 입히다니, 악당 놈, 강간한 것도 모자라 그 불쌍한 것의 옷을 갈갈이 찢고, 머리털을 다 뽑아 놓다니.

파이드리아 (방백)

무슨 소리야?

피시아스

이 놈을 지금 잡기만 해봐라, 그 강도 놈의 눈깔을 내 손톱으로 요절을 내놓을테니.

파이드리아 (방백)

내가 집을 떠나 있는 사이 무슨 끔찍한 일이 생겼구나. 저 여자에게
가서 물어 봐야겠다. (크게) 무슨 일이야, 피시아스, 왜 그렇게 허둥
대? 누굴 찾는 거야?

피시아스

하, 파이드리아! 누굴 찾냐구요? 당신에게나 맞는 악마에게나 꺼지
세요, 당신이나 당신 선물이나!

파이드리아

무슨 일인데?

피시아스

무슨 일인데? 당신이 우리에게 보낸 내시 놈이 우리에게 어떤 몹쓸
짓을 저질렀는지 봐요. 그 불한당 놈이 대장이 우리에게 선물한 아가
씨를 덮쳤다구요.

파이드리아

무슨 말이야?

피시아스

우린 망했어요. (흐느낀다.)

파이드리아

취했구먼.

피시아스

내 웬수들이나 그렇게 취했더라면 좋겠네.

도리아스

오 맙소사, 피시아스, 이 무슨 해괴한 일이예요?

파이드리아

너 미쳤구나. 고자가 어떻게 그런 일을 해?

피시아스

어느 놈이 그런 짓을 저질렀는지 난 몰라요. 상황을 보면 그 놈이 그런 거지요. 아가씨는 소리 지르며 울고 불고 물어도 무슨 일이 일어났는지 창피해서 말도 못하고 저러고만 있어요. 그 놈을 아무리 찾아도 없는데 집에서 뭐라도 갖고 날랐으면 어떻하지.

파이드리아

내 평생 이렇게 황당한 일이! 이 비겁한 놈이 갈 데는 집 밖에는 없어. 아마 우리에게 다시 왔을 거야.

피시아스

제발 거기라도 갔는지 보세요.

파이드리아

당장 알려 줄게. (그는 그의 아버지의 집으로 간다.)

도리아스

세상에! 그런 끔찍한 일은 들어보지도 못했어요.

피시아스

소문으론 내시들이 아무 짓도 할 순 없어도 여자들을 그렇게 밝힌대. 그래도 그런 일이 있을 줄 생각도 않해봤는데. 그랬더라면 그 놈을 어데 가두고 아가씨를 그 놈에게 맡기지는 않았을 걸.

제 4 장

카이리아의 옷을 입은 도루스를 끌고 파이드리아 다시 등장

파이드리아 (도루스에게)

나와, 이 악당 놈아! 왜, 교수대에 가기는 싫으냐? 내 억지로 끌어내면, 매만 벌고 말고! (그를 때린다.)

도루스

제발 그만 하세요.

파이드리아

살인자의 면상이 어떤지 들 봐요. 여기 다시 기어들어 오면 어쩔 건데? 왜 옷을 갈아 입었냐? 네 놈 주제에 입이 열 개라도 할 말이 있냐? 피시아스, 내가 조금만 늦었더라면, 그 놈을 집에서 못 잡을 뻔했어. 이 놈이 집에서 달아나려고 짐을 챙기고 있었어.

피시아스

놈을 잡긴 잡았지요?

파이드리아

물론, 잡았지.

피시아스

잘됐네요.

도리아스

잘하셨어요, 정말.

피시아스

그 놈은 어디 있어요?

파이드리아

그 놈이 어디 있냐고? 왜, 안보여?

76

피시아스

봐요! 누굴 봐요?

파이드리아

그야 이 놈을 봐야지.

피시아스

이 자가 누구예요?

파이드리아

오늘 네게 보낸 그 놈.

피시아스

파이드리아, 우리 누구도 이 자를 본 적이 없어요

파이드리아

없어?

피시아스

왜 이 사람을 우리에게 보냈다고 확신하세요?

파이드리아

그러니까, 다른 놈은 없으니까.

피시아스

이 사람은 고 다른 놈과는 비교가 안되요. 다른 놈은 잘생긴데다 신
사 같았어요.

파이드리아

전엔 그렇게 보였을 거야. 내시 복장을 했을테니. 지금은 안입었으니
흉측해 보이는 거고.

피시아스

제발 가만 계셔 보세요. 그들 사이의 차이는 그것만이 아녜요! 오늘

우리에게 보내진 그 젊은 놈은 보기에도 반할만큼 호감이 가는 얼굴이었다고요, 파이드리아. 이 자는 족제비 얼굴을 하고 쭈구렁 바가지에, 시들고, 축 늘어진 늙은이잖아요

파이드리아

무슨 얘기야? 넌 내가 한 일조차 내 자신이 모른다는 식으로 몰고 가고 있어. 네가 말해 봐, 내가 너를 샀지?

도루스

네 그러셨죠.

피시아스

이제 제게도 대답을 하라고 하세요.

파이드리아

물어 봐.

피시아스 (도루스에게)

오늘 우리 집에 왔었우? (도루스 머리를 흔든다.) "아니다" 라고 하잖아요 근데 오늘 온 그 놈은 한 열 여섯 정도 되어보이던 데요 파르미노가 그 놈을 데려 왔어요.

파이드리아 (도루스에게)

자, 첫째, 그 옷들을 어디서 얻었냐? 대답을 않해? 이 사악한 놈아, 말을 않할래?

도루스

카이리아님이 왔어요.

파이드리아

뭐, 내 동생?

도루스

　네.

파이드리아

　언제?

도루스

　오늘이요

파이드리아

　언제쯤?

도루스

　좀 전에요

파이드리아

　누구랑?

도루스

　파르미노

파이드리아

　전에 걔를 알았냐?

도루스

　아니요 그 분이 누구라고 하는 건 듣지 못했어요

파이드리아

　그럼 걔가 어떻게 내 동생인 줄 알았냐?

도루스

　파르미노가 그랬어요. 그가 이 옷들을 주었고요

파이드리아

　맙소사!

도루스

그 분이 제 옷을 입었어요. 그리고 나서 함께 나가시던데요.

피시아스

지금도 내가 취해서 거짓말을 했다고 생각하세요? 거짓말이 아니라고 했잖아요. 이제 아가씨가 더럽혀 진 걸 분명히 아시겠어요?

파이드리아

자, 자, 이 여편네야, 넌 이 자가 한 말을 믿어?

피시아스

내가 왜 그 사람 말을 믿어야 해요? 사실이 그런데.

파이드리아 (도루스에게)

이리 좀 와서, 내말 좀 들어 봐? 좀 더 다가와, 됐어. 다시 말해 봐. 카이리아가 네 옷을 벗겼어?

도루스

네.

파이드리아

그리고 그 옷을 입었어?

도루스

네.

파이드리아

그리고 너 대신 여기로 왔고?

도루스

그랬겠죠.

파이드리아

세상에, 이 뻔뻔스런 악당놈 같으니!

피시아스

오, 맙소사! 우리가 치욕스럽게 당했다는 걸 이제도 못 믿으시겠어요?

파이드리아

저자가 말한 걸 믿는 것도 무리는 아니지. (방백) 어떻게 해야 할지 모르겠다. (도루스에게 방백) 자, 그럼, 말한 모든 걸 다시 부정해. (크게) 오늘 내가 네게서 진실을 쥐어 짤 수 없을 것 같냐? 오늘 내 동생 카이리아를 봤지?

도루스

아니요.

파이드리아 (그를 때리려는 척하며)

알았다. 맞지 않으면 말을 안할 모양이군. (방백) 나를 따라 해. (크게) 처음엔 "네"하더니, 그리고 나서는 "아니요" 라고 하는군. (도루스에게 방백) 내게 보내달라고 애원해.

도루스

파이드리아님, 제발 애원합니다.

파이드리아 (그를 발로 차며)

집으로 꺼져.

도루스

아이고! (도루스 집으로 들어간다.)

파이드리아 (방백)

어떻게 그럴듯하게 이 상황을 벗어나야할 지 모르겠군. (크게) 만일 네가 여기서 날 갖고 놀았다면 넌 끝장인 줄 알아. (도루스를 따라 집으로 들어간다.)

피시아스

　확실한 사실은 이 모든 게 파르미노의 짓거리라는 거예요.

도리아스

　맞아요.

피시아스

　내 맹세하지만 오늘 그 놈이 저지른 짓에 대해 값을 치루게 할 방법을 찾을 거야. 그런데, 도리아스, 우리가 지금 뭘 해야지?

도리아스

　아가씨 말이에요?

피시아스

　응, 그 얘기를 해야 해, 입을 다물어야 해?

도리아스

　아주머니가 현명하다면, 그 일에 대해선 모르셔야 해요. 그 내시에 대해서나 아가씨가 당한 것에 대해서나. 그런 식으로 일단 문제는 피하고 나서 아씨의 시중을 드세요. 도루스가 사라졌다고만 말하시고요.

피시아스

　내가 할 일이 그거야.

도리아스

　저기 크리미스님 아녜요? 아씨가 곧 여기 오신다는 말인데.

피시아스

　왜 그래?

도리아스

　왜냐면 내가 떠날 때, 그 분들은 한참 싸우고 있었거든요.

82

피시아스

이 보석을 치우세요. 무슨 일이 있었는지 저 분께 물어 볼게요. (도리
아스가 타이스의 집으로 들어간다.)

제 5 장

약간 취해서 크리미스 등장

크리미스 (독백)

저자들이 날 바보 취급하는 군. 내가 마신 와인이 내 머리로만 갔나.
식탁에 앉아 있는 동안엔 재판관처럼 맑은 정신이었는데, 일어서니
발도 머리도 제 멋대로네.

피시아스

크리미스님!

크리미스

누구야? 어라, 피시아스! 자, 자네 전보다 아주 예뻐 보여.

피시아스

이전보다 더 명랑해지신 게 잘못은 아니지요

크리미스

옛말이 다 진실이야. "시리스와 바커스 신이 없었다면, 비너스는 없
었다." 타이스가 나 보다 훨씬 일찍 도착했지?

피시아스

아씨가 대장과 벌써 헤어졌나요?

크리미스

오랜 전, 한 세기 전 즈음. 그 사람들 아주 심하게 싸우던데.

피시아스

나리가 아씨를 따라간 것에 대해선 아무 말도 없으셨고요?

크리미스

가버리면서 내게 고개를 한 번 까닥 했지.

피시어스

글쎄요, 그것만으로는 충분치 않았을 텐데요?

크리미스

대장이 나를 집에서 내쫓아 내 부족한 지혜를 메꾸어 주지 않았다면 그게 그 여자의 의도인지는 몰랐을 걸. 어쨌던지 그 여자가 그랬어. 근데 어떻게 내가 먼저 도착했지.

제 6 장

시녀들과 함께 타이스 등장

타이스 (독백)

그 애를 데려가기 위해 그 사람이 당장 이곳으로 달려올 줄 알았는데. 오겠지. 만일 손가락 하나라도 그 애에게 대면 그 자리에서 당장 얼굴을 할퀴어 버려야지. 말로 다 때우려는 그 사람의 어리석음도 허풍도 더 이상 견딜 수 없어. 그래 한 말이라도 실천했다면 그것만으로도 그를 똑똑하다고 생각했을 거야.

크리미스

타이스, 여기서 기다리고 있었어요.

타이스

오, 크리미스님. 그렇잖아도 만나고 싶었어요. 당신 때문에 그 모든 싸움이 일어난 건 아시지요? 당신이 이 모든 일의 원인인 것을 아시냐고요?

크리미스

내가요? 어떻게 그렇게 됐어요?

타이스

당신에게 여동생을 다시 돌려주려고 애쓰는 동안 난 이런 폭력을, 그 보다 더 심한 모욕을 견뎌야 했잖아요.

크리미스

그 아이는 어디 있어요?

타이스

집에요.

크리미스

뭐요!

타이스

왜 그러세요? 아가씨는 당신만큼 신분에 걸맞게 키워졌어요.

크리미스

무슨 말이에요?

타이스

진실 그대로예요. 그 애를 돌려 드릴게요. 돈은 필요 없어요.

크리미스

고맙소, 타이스. 한 일에 대해 보상을 받게 될 거요.

타이스

그러나 이제는, 크리미스, 여동생을 데려가기 전 잃어버리지 않게 조심하세요. 지금 대장이 빼앗아 가려고 오는 게 바로 당신 동생이예요. 가서 증거물들이 들어 있는 작은 상자곽을 내게 가져 와.

크리미스

타이스, 저기 대장이 보여요?

피시아스

작은 상자가 어디 있어요?

타이스

장롱. 왜 그렇게 꾸물거려, 건방진 여편네! (피시아스는 집으로 들어

간다.)

크리미스

거리를 내려다 보며

그 자가 당신에게 오는데 많은 군사가 필요한 가봐요 기가 막히군!

타이스

어머나, 무서워요?

크리미스

당신이랑 가자구요! 내가 무서워해? 살아 숨 쉬는 어느 누구에게도

눈 깜짝 않아요.

타이스

그게 바로 우리가 원하는 그런 남자예요

크리미스

그저, 당신이 날 겁쟁이라고 여길까봐 무섭다고 해야 하나.

타이스

그럴리가요, 잘 알아두세요 우리가 상대할 사람은 외국인이에요, 당

신보다 영향력이 없고, 덜 유명하고, 여기에 친구도 별로 없어요 .

크리미스

그건 알아요 그런데 당신이 보호해야할 사람을 상대로 위험을 자초

하는 것은 어리석은 일이에요 난 차라리 그에게 복수를 하느니 그

전에 그가 나를 해치는 것을 피해야 할까 봐요. 내가 시장으로 뛰어
가는 동안 당신은 집에 들어가서 문을 잠가요. 이 싸움에서 우리편이
될 증인을 찾아야겠어요.

타이스

여기 계세요.

크리미스

내 것이 더 좋은 계획이에요.

타이스

여기 계시라니까요.

크리미스

가볼게요, 곧장 다시 돌아 올 거예요.

타이스

크리미스, 우린 당신의 친구 따위는 필요 없어요. 당신은 이 말만 그
사람에게 하세요. 이 기씨가 당신의 여동생이다. 당신은 그 아가씨를
어린 애였을 때 잃어버렸으나 이제 찾았다. (증거를 가지고 피시아스
다시 등장한다.) (피시아스에게) 이 분에게 증거들을 보여 줘.

피시아스

여기 있어요.

타이스

그것들을 가져요. 만일 그가 폭력을 휘두르면, 그를 고소하세요. 무
슨 말인지 이해해요?

크리미스

아주 잘.

타이스

그 말을 하실 땐 정신을 똑바로 차리세요.

크리미스

네.

타이스

외투 소매를 거세요. (방백) 맙소사! 나를 지키는 체 하는 저 자야 말로 지켜줄 사람이 필요한 사람이야. (모두 타이스의 집으로 들어 간다.)

제 7 장

집안의 연장으로 무장을 한 노예들, 그나소,
상가(Sanga)의 무리를 끌고 쓰라소 등장

쓰라소

내 그렇게 심하게 모욕을 당해야 한다면 차라리 죽을 테야, 그나소! 씨말리오(Simalio), 도낙스(Donax) 나를 따라와. 제일 먼저 집으로 쳐 들어간다.

그나소

그래야죠.

쓰라소

그 처녀애를 데려가야지.

그나소

훌륭해요!

쓰라소

　타이스에게 혹독하게 벌줄 거야.

그나소

　최고예요!

쓰라소

　도낙스, 가운데 여기는 곤봉 소대, 씨말리오는 왼쪽으로, 시리스쿠스
　(Syriscus)는 오른쪽으로, 나머지들도 데리고 와. 내 부관 상가와 소
　매치기 소대는 어디 있지?

상가

　여기 있습니다. (스폰지를 들고)

쓰라소

　뭐야, 바보 새끼! 네 놈은 지금 스폰지랑 싸우려고 스폰지를 들고
　왔냐?

상가

　저요? 왜냐면, 대장님의 용기도 알고, 부하들의 힘도 익히 아니, 이
　싸움이 피를 볼거다, 그러니 전 스폰지로 피를 닦아줘야 하지 않나요?

쓰라소

　나머지는?

상가

　도대체 "나머지"는 무슨 뜻이예요? 사니오(Sannio)는 집에 남아 있
　습니다.

쓰라소 (그나소에게)

　전투 태세로 이 놈들을 정렬시켜라. 난 맨 앞 줄 뒤 자리에서 모든
　명령을 내리겠다.

그나소

정말 지혜로우십니다. (방백) 이 자는 이 놈들을 모두 앞에 세우고 그 뒤에 안전하게 숨겠다는 말이군.

쓰라소

이 전법이 바로 피루스(Pyrrhus)[2]가 그의 전열을 세우던 방식이다.

크리미스와 타이스가 위 층 창문에 나타난다.

크리미스

타이스 그가 뭘 하고 있는지 보여요? 그 자가 내가 문을 잠근 것을 반대로 하고 있나 보네요.

타이스

이봐요, 당신이 용맹한 자라고 여기는 저자는 실은 겁쟁이예요. 무서워할 필요가 없어요.

쓰라소 (그나소에게)

네 생각은 어떠냐?

그나소

매복한 채 멀리서 공격할 수 있게 투석기가 있었으면 좋았을 걸요. 그럼 저 자들이 줄행랑을 놓을 텐데.

쓰라소

저기 타이스가 보이는 데.

그나소

언제 습격할까요?

쓰라소

멈춰! 현명한 장수는 공격하기 전에 모든 전략을 강구해야 한다.

---

2) 기원전 3세기 초엽 이탈리아를 공격했던 에피루스(Epirus)의 유명한 왕 피루스 (Pyrruhus)를 의미한다.

만일 내가 무력을 쓰지 않은 채 그들에게 간청하면 그 자들이 그걸
실행하지 않을지를 넌 어떻게 아냐?

그나소

세상에 맙소사! 어쩜 그렇게 현명하실 수가, 점점 더 현명해지시네요.

쓰라소

무엇보다 먼저 이 말에 대답해, 타이스. 내가 그 여자 애를 주었을
때, 당신은 앞으로 며칠 동안 내 것이 되겠다고 말하지 않았어요?

타이스

그 때가 언제지요?

쓰라소

그 때가 언제냐고? 왜, 당신이 내 앞에서 애인을 자랑했잖아.

타이스 (크리미스에게)

당신이라면 저런 자와 뭘 할 수 있겠어요?

쓰라소

그리고 그 놈팽이와 도망쳤잖아.

타이스

스스로 선택한 거지요

쓰라소

그러니 강제로 팸필리아를 뺏기고 싶지 않으면 그 애를 내게 돌려 줘.

크리미스

만일 이 여자가 팸필리아를 당신에게 돌려주거나, 네가 그 애에게
손가락 하나라도 댄다면, 넌 아주

그나소

입 닥쳐! 넌 뭐하는 자냐?

쓰라소

뭘 하겠다고? 그럼 내가 내 물건에 손도 대지 말라고?

크리미스

네 재산, 이 도둑놈아?

그나소

조심해, 네가 누구에게 욕하는 줄 알기나 하냐?

크리미스

너나 조심해라. (쓰라소에게) 알아먹겠냐? 네가 여기서 무슨 문제라

도 만들면, 네가 죽기 전까지 이 장소와 이 몸을 기억하게 해 주마.

그나소

이 위대한 인물을 네 적으로 삼았으니 정말 안됐다.

크리미스

당장 꺼지지 않으면 네 놈들의 목을 분질러 주겠다.

그나소

뭐, 건방진 애송이, 이 분을 그런 식으로 대해?

쓰라소

네 놈은 누구냐? 뭘 하려는 거냐? 그 여자 애랑은 무슨 관계냐?

크리미스

네게 말하마. 무엇보다 먼저 밝힐 건 그 여자 애는 노예가 아니다.

쓰라소

응!

크리미스

아테네의 자유 시민이다.

쓰라소

흥!

크리미스

　그리고 내 여동생이다.

쓰라소

　뻔뻔한 거짓말쟁이!

크리미스

　그러니 자, 대장, 내 당신에게 경고하니 그녀에게 어떤 폭력도 안된
　다. 타이스, 난 그 애의 유모 소프로나(Sophrona)를 이리로 데리고
　와 증거물을 보여주겠어.

쓰라소

　넌 내가 내 노예에게 손을 대지 못하게 할 거냐?

크리미스

　그렇다고 말했을 텐데.

그나소

　저 말을 들으시려고요? 저자는 도둑의 공범이예요. 그걸로 충분해요.

쓰라소

　너도 같은 생각이냐, 타이스?

타이스

　당신 말에 대꾸할 다른 사람이나 찾아요 (크리미스와 타이스 창문
　에서 떠난다.)

쓰라소 (그나소에게)

　이제 뭘 하지?

그나소

　다시 집에 가야죠. 아씨는 곧 화해를 청하고 용서를 빌 거예요.

쓰라소

　그렇게 생각해?

그나소

아니, 확신해요. 난 여자들을 알아요. 대장이 원할 때 그들은 말을 듣지 않아요. 대장이 그들이 필요 없는 것 같으면 여자들 편에서 안달이 나지요.

쓰라소

네 말이 옳다.

그나소

군대를 해산시킬까요?

쓰라소

네가 원할 때 언제라도.

그나소

상가, 용감한 군인들처럼 고향의 따뜻한 집식구들을 생각해봐라.

상가

마음이야 한참 전부터 밥상의 찌개 냄비를 상상하고 있습니다.

그나소

훌륭한 군인이다.

쓰라소 (군대 앞에서)

이리로 나를 따르라. (모두 떠난다.)

제 5 막

제 1 장

타이스, 피시아스와 함께 그녀의 집으로부터 나온다.

타이스

나쁜 년, 왜 내게 얼버무리지? "알아요," "몰라요," "그 사람이 가버린 걸요," "그걸 들었어요," "전 거기 없었는데요" 솔직히 무슨 일인지 말하지 않을래? 그 아이 옷은 찢겨져 있었고, 개가 비명을 질렀으며, 한마디도 안하고, 내시는 가버렸고 자, 그 애가 왜 울고불고 하는 거지? 무슨 일이 있었어? 말 안할래?

피시아스

내 참, 무슨 말을 하라고요? 그 놈은 고자가 아니래요.

타이스

그럼 그 자는 누구야?

피시아스

그 카이리아님.

타이스

무슨 카이리라?

피시아스

그 젊은이는 파이드리아님의 동생이래요

타이스

무슨 말을 지껄이는 거야?

피시아스

확실해요.

타이스

　그 사람이 이 일과 무슨 상관이야? 그가 왜 여기 왔단 말야?

피시아스

　몰라요, 단지, 그 분이 팸필리아를 사랑한다는 것은 확신해요.

타이스

　맙소사, 모든 게 나와 상관있네. 네 말이 사실이면 난 정말 불행한 여자다. 그것 때문에 저 애가 저렇게 우는 거야?

피시아스

　그런 것 같아요.

타이스

　내가 뭐라고 했어, 내 말을 어긴 거지? 집을 나갈 때 내 이 문제에 대해 단단히 일렀지?

피시아스

　제가 뭘 어째요? 전 아씨가 분부하신대로 아가씨를 그자에게만 맡겼어요.

타이스

　못된 년 같으니, 넌 늑대에게 양을 지키라고 한 거야. 내가 그런 바보가 되다니 정말 챙피해서 이젠 얼굴도 못들고 다닐 거야. 그 자는 어떤 인간이야?

피시아스

　참으세요, 아씨, 제발 참으세요. 모든 게 잘될 거예요. 여기 그 사람이 오네요.

타이스

　그 사람이 어디?

피시아스

　자 봐요, 왼쪽에.

타이스

　저 사람이군.

피시아스

　가능한 빨리 그를 체포하라고 명령하세요.

타이스

　그 사람을 잡아 뭐하게, 바보야?

피시아스

　그 사람을 잡아 뭐하냐고요? 자 그자를 보세요. 그 면상이 시건방져 보이지 않아요? 그 놈이 저질렀던 그 대담한 짓을 생각해 보세요!

제 2 장

　　　　　　　　　　　　　　　도루스의 옷을 입은 카이리아 등장

카이리아 (독백)

　앤티포네 집에는 어머님과 아버님 두 분이 댁에 계셔서, 그 분들을 피해 몰래 집에 들어 갈 수 없었어. 문가에 서 있는데 알고 지내던 사람 하나가 내게 다가오잖아. 그를 보자 난 걸음아 날 살려라 하고 내달아 인적 드문 길에 들어섰고, 이 길에서 저 길로, 그리고 또 다른 길을 헤매고 다녔지. 사람들이 날 알아 볼까봐 여기 저기 도망다니느라 너무 힘들었어. 여기 오는 사람은 타이스 아냐? 그 여자네. 어쩐다. 에라, 내가 알게 뭐야? 그 여자가 뭘 어쩌겠어?

타이스 (피시아스에게)

　가서 그 사람에게 말을 걸어 봐. (카이리아에게) 안녕하세요, 도루
스 도망만 다녔나보네?

카이리아

　네, 아씨.

타이스

　처지에 만족을 할 수가 없어?

카이리아

　네.

타이스

　이 일로 벌을 안받을 거라고 생각해?

카이리아

　이 죄만 용서해 주세요 또 다른 죄를 저지른다면 그땐 절 죽여 주
세요.

타이스

　내가 잔인할까봐 무서워?

카이리아

　아닙니다.

타이스

　그럼 뭐가?

카이리아 (피시아스를 가리키며)

　저 여자가 무서워요. 저 여자는 아마 아씨에게 날 한참 모함했을
거예요.

타이스

　무슨 짓을 했게?

카이리아

말할 게 없어요.

타이스

"없다?" 이 파렴치한 놈! 아테네 시민인 처녀를 능욕하고도 할 말이 없다고?

카이리아

전 그 여자가 우리처럼 노예인줄 알았어요.

피시아스

우리처럼 노예, 정말! 저 무지막지한 놈의 머리카락을 다 뽑아도 분이 풀리지 않을 것 같네. 네 놈은 우릴 모욕한 것도 모자라 명예 훼손까지 덧붙이려고 왔냐?

타이스

저리가, 미친 년!

피시아스

왜 미친 년이죠? 저 자의 머리를 뽑았다고 해도, 저 놈이 아씨의 노예를 건드린 이상 저 악당을 손 좀 봐주는 것은 당연하잖아요.

타이스

그만 해요. 카이리아, 그런 짓을 하다니 창피한 줄 아세요. 비록 내가 이런 모욕을 당할 만하지만, 그런 일을 내게 하시다니 점잖지 못해요. 세상에! 난 이제 그 어린 아가씨에게 어떻게 해야 하지요? 당신은 내 계획을 다 망쳐놨어요. 마땅히 그래야 했고, 그러려고 했지만, 그리고 그 일로 확실한 이익을 챙기려고 했는데, 난 이제 아가씨를 그 분의 친구들에게 돌려줄 수 없어요.

카이리아

그래도 이제, 타이스, 앞으로 우리가 최선의 방법을 찾을 수 있을 거예요. 이번 일처럼 위대한 우정은 종종 처음부터 제대로 된 일에서 생겨나는 법이 아녜요. 이 모든 것을 신이 미리 정하신 거라면 어쩌겠어요?

타이스

그렇게 생각하고 싶어요, 정말로요.

카이리아

자, 그게 바로 당신에게 간청하는 바예요. 당신을 모욕하려고 그런 게 아니라 그녀를 사랑했기 때문에 그랬다는 걸 이해해줘요.

타이스

물론 그러셨을 거예요. 정말, 그게 당신을 기꺼이 용서해 드리려는 이유예요. 사랑의 힘을 모를 만큼 난 그렇게 무심하지도, 경험이 없지도 않아요.

카이리아

그러면 제발 날 도와줘요, 타이스. 난 이제 당신도 사랑해요.

피시아스

그럼 아씨, 저자로부터 자신을 지키셔야겠네요.

카이리아

내가 어찌 감히.

피시아스

난 당신을 조금도 안믿어요.

타이스

입 닥쳐.

100

카이리아

제발 이 문제에서 날 좀 도와주세요. 내 자신을 당신에게 맡기고 모든 일을 털어 놓을게요. 당신을 나의 은인으로 여길게요. 타이스, 제발 빌어요. 난 그녀를 아내로 삼지 못하면 죽을 거예요.

타이스

그러나 만일 도련님의 아버님이-

카이리아

만일 그녀가 시민이라면 아버님은 분명히 인정하실 거예요.

타이스

당신이 잠시만 기다리면, 그 아가씨의 오빠가 곧 여기에 나타날 거예요. 그는 아가씨가 아기였을 때 젖을 먹여 키우던 유모를 데리러 갔어요. 카이리아 당신은 확인 과정에 참여하게 될 거예요.

카이리아

기다릴게요.

타이스

그가 올 때까지 거리에서 기다리느니 우리 집 안에서 기다리는 게 좋을 것 같지 않아요?

카이리아

물론, 그게 훨씬 좋고 말구요.

피시아스 (타이스에게)

뭘 하시려고요?

타이스

너야말로 왜 그래?

피시아스

뭐라고요? 왜 그 자를 집 안으로 들이려고 하느냐고요?

타이스

그러면 안돼?

피시아스

그가 또 다른 말썽을 일으킬걸 맹세해요.

타이스

제발, 조용히 좀 해.

피시아스

아씨는 그자의 오만방자함을 모르시는 것 같네요

카이리아

피시아스, 난 아무 짓도 않할 거야.

피시아스

그 일을 볼 때까지는 그 말을 않믿을 거예요.

카이리아

자, 그럼 네가 나를 지키면 되잖아.

피시아스

당신을 지킨다거나 당신에게 뭘 지키라고 하는 그런 모험은 하지 않을 거예요. 그러니 그만 두세요.

타이스

때 맞춰 여기 아가씨의 오빠가 오시네요.

카이리아

아이구, 제발 집안으로 들어가자고요, 타이스 길에서 이런 옷을 입고 있는 모습을 그 사람에게 보이고 싶지 않아요.

타이스

그게 창피하세요?

카이리아

네.

피시아스

"네"라고 하네, 그럼 그 아가씨는 어떨까요?

타이스

들어가세요, 따라 들어갈게요. 피시아스, 여기 서 있다가 크리미스나 안내해. (타이스와 카이리아는 안으로 들어간다.)

제 3 장

크리미스가 소프로나와 함께 등장

피시아스(독백)

도대체 이제 무슨 생각을 해야지? 이 젊은 양반을 내시로 위장하여 우리에게 보낸 그 악당놈을 어떻게 골려줘야 하나?

크리미스

유모, 좀 더 빨리 걸어요

소프로나

걷고 있어요

크리미스

그렇군, 하지만 서두르지는 마.

피시아스

유모에게 증거물을 보여줬어요?

크리미스

그럼, 모두.

피시아스

유모가 뭐라고 했어요, 기도를 하던가요? 그 증거들을 알아봤어요?

크리미스

응, 모두 다 기억하고 있었어.

피시아스

하 참, 그 얘기를 들으니 좋네요, 전 그 아가씨가 좋아요. 두 분 다 안으로 들어오세요. 아씨께서 여러분을 한참동안 안에서 기다리고 계셔요. (크리미스와 소프로나가 타이스의 집으로 들어간다.) 저기 그 잘난 파르미노가 오고 있군. 어이구! 흐늘거리며 거들먹거리는 꼴 좀 봐! 속 시원하게 저 놈을 괴롭혀줄 방법이 있지. 먼저 아가씨를 알아보는지 사실여부를 확인하고 다시 나와 정신이 쏙 빠지도록 저 놈을 혼내줘야지(피시아스가 안으로 들어간다.)

제 4 장

파르미노 등장

파르미노(독백)

카이리아가 요즘 어떻게 지내는지 알아봐야지. 만일 도련님이 그 일을 솜씨있게 처리했다면, 나 파르미노는 열렬히 그리고 진심으로 칭찬받을 거야. 왜냐, 그 일을 말썽 없이, 희생 없이, 댓가 없이 해낼 수 있었던 것은 물론 내가 해결하기 엄청 어려운 일을 그를 위해 주선해주었기 때문이니까, 이 일은 소유욕으로 똘똘 뭉친 큰 도련님 애인에게서 작은 도련님이 갖고 싶어한 소녀 애를 데려오는 일이니, 엄청난 비용이 드는 일인건 자명하지. 그뿐인가, 내 생각으론 이 일은 나의 최고의 계책인데, 평범한 청년에 지나지 않던 그가 이 일을 통해 매춘부들의 기질과 습성들을 배울 기회를 얻고, 그들에 대해 낱낱이 알게 되었을 걸. 이젠 그들을 영원히 혐오하게 되었을 거야. 매춘부들은 집 밖에서는 될 수 있는 한 청순하고, 단아하고, 기지가 넘치는 것처럼 보이려고 하고, 애인과 식사할 때는 고상한 체하지. 하지만 집에 있을 때면, 그들이 얼마나 불결하고, 더럽고, 단정치 못한 지, 호밀 흑빵을 상한 수프에 찍어 얼마나 탐욕스럽고, 게걸스럽게 먹어대는 지 보면 알 수 있지. 그걸 알게 해주었으니 한 젊은이를 구원해준 거지.

피시아스 다시 등장

피시아스(방백)

이 나쁜 놈, 네가 내뱉은 말과 저지른 행동에 대해 복수해주마. 우릴 갖고 놀았으니 큰 벌을 받을 거다. (큰소리로) 맙소사, 얼마나 끔찍한지! 불쌍한 젊은 양반이! 오, 그를 여기로 데려온 파르미노는 얼마나 지독한 악당이냐!

파르미노(방백)

이건 뭐야?

피시아스

그 분이 불쌍해, 그들이 본보기를 보이겠다고 그 분에게 가할 수치스러운 벌을 차마 볼 수 없어서 문 밖으로 뛰쳐나올 수밖에 없었어.

파르미노(방백)

오, 하느님 맙소사, 도대체 무슨 일이야? 내가 망했다고? 저 여자에게 물어봐야지. (큰소리로) 그게 무슨 소리예요, 피시아스? 무슨 말을 하고 있는 거예요? 누가 본보기로 벌을 받는다구요?

피시아스

누구냐고? 이 뻔뻔한 악당 네 놈이다! 넌 그 젊은 신사를 파괴했어, 너는 우릴 속일 작정으로, 내시 대신 그 분을 데려왔어.

파르미노

그래서 어떻게? 무슨 일이 일어났어요? 말해 봐요.

피시아스

네게 말해주마. 오늘 타이스님께 보내진 그 소녀는 이 도시 시민이고 오빠가 최고 귀족 중 하나라는 건 알지?

파르미노

아니요.

피시아스

그게, 그렇게 확인이 됐다. 근데 그가, 그 불쌍한 친구가 그녀를 범했어. 그 애 오빠가 이 사실을 알고 나서, 성질이 불같데....

파르미노

도대체 어떻게 했는데요?

피시아스

먼저 그 분이 그 젊은 놈을 난폭하게 묶었어.

파르미노

묶어요?

106

피시아스

    응, 타이스가 그러지 말라고 애원했지만.

파르미노

    뭐요?

피시아스

    그리곤 그 분이 그 자를 간통죄로 잡힌 사람들과 똑 같이 처리하겠다고 위협했어. 난 그런 일이 벌어지는 걸 이제껏 보지 못했어, 보고 싶지도 않았지만.

파르미노

    그 자는 어떻게 감히 그런 중죄를 저지르려고 하는 거예요?

피시아스

    그게 왜 중죄냐?

파르미노

    중죄 아녜요? 이제껏 누가 매춘굴에서 간통죄로 체포된 적이 있나요?

피시아스

    난 모르지.

파르미노

    하지만 이건 아셔야 될걸요, 피시아스, 그리고 당신들. 사실을 말하자면 그 자는 내 주인님의 아드님이세요.

피시아스

    그가, 정말?

파르미노

    그리고 타이스는 그에게 어떤 폭행도 허용하지 않았다는 점을 알아야 될 걸요. 참, 왜 내가 집에 들어가지 않지?

피시아스

그리고, 파르미노, 네가 저지른 일을 생각해봐, 네가 그 분께 해를 끼쳤으니 목숨을 잃을 수도 있어. 사람들은 네가 그 모든 일을 꾸몄다고 생각하고 있어.

파르미노

그럼 난 어떻게 해야지요? 가련한 내 신세야. 어디서부터 시작하지? (거리를 내려다보면서) 마침 주인나리가 시골에서 돌아오시는 게 보이네. 주인 나리께 말씀을 드려야 하나 말아야 하나? 그래, 말씀드리자, 흠씬 두드려 맞더라도 카이리아를 도와야 해.

제 5 장

시골서 돌아온 라체스 등장

라체스(독백)

농장이 아테네에 가까우니 좋군. 시골을 가거나 도시로 가거나 지치지 않아. 한 곳에 머무르는 것이 지겨워지면, 거처를 옮기면 되지. 그런데 저 놈은 파르미노 아냐? 맞네. 파르미노가 문 앞에서 누굴 기다리는 거지?

파르미노(그를 못 본 척 하면서)

거기 누구세요? (몸을 돌리며) 아, 주인님, 건강하신 걸 뵈니 반갑습니다.

라체스

누굴 기다리는 거냐?

파르미노

야단났어요! 무서워서 혀까지 굳었어요.

라체스

뭐라고, 뭐가 두려운 거야? 괜찮냐? 말해봐 어서.

파르미노

주인님, 무엇보다 진실을 믿으셔야 합니다. 무슨 일이 일어났건 그건 제 잘못이 아니었어요.

라체스

뭐?

파르미노

주인님께서 저에게 물으시는 건 당연하십니다. 제가 먼저 주인님께 소문의 전말을 말씀드릴께요. 파이드리아가 아씨에게 줄 선물로 내시를 샀습니다.

라체스

누구?

파르미노

타이스요.

라체스

내시를 샀다고? 저런 저런! 얼마에 샀냐?

파르미노

20만원이요.

라체스

거덜났겠군!

파르미노

그리고 카이리아는 이 집에서 음악을 연주하는 소녀와 사랑에 빠졌습니다.

라체스

뭐, 뭐라고? 사랑에 빠져? 걔가 벌써 매춘부를 알았단 말이지? 아테네로 왔어? 골칫거리가 주렁주렁 달렸군.

파르미노

주인님, 절 쏘아 보지 마세요 제가 부추긴 게 아녜요

라체스

변명은 집어 쳐. 이 악당 같은 놈아, 내가 살아있는 한, 난-

(화를 삼키며) 자 이 일의 자초지종을 말해 봐.

파르미노

그는 내시로 분장해서 타이스에게 보내졌어요,

라체스

내시로 분장해?

파르미노

예. 지금 사람들이 집에서 그를 붙잡아, 간통죄로 체포했어요.

라체스

이런 제기랄!

파르미노

뻔뻔스런 매춘부들 같으니!

라체스

아직도 말 못한 문제가 남아 있냐?

파르미노

이게 전부예요

라체스

그런데 내가 왜 집으로 뛰어 들어가지 않지? (라체스는 안으로 달려간다.)

파르미노(독백)

내가 이 일로 호되게 값을 치를 거라는 건 불을 보듯 뻔해. 하지만 도리가 없잖아. 이 여자들도 곤경에 빠질 테니 그나마 고소하지. 이 늙은 신사 양반이 여자들에게 본때를 보여주려고 오랫동안 핑계를 찾아온 걸 내 알아. 이제 그걸 찾은 거야.

제 6 장

피시아스 집에서 다시 등장

피시아스(자기에게)

결코 없었지, 맹세하건대, 이 늙은 신사 양반이 착각을 하고 지금 들이닥친 일처럼 재밌는게 일찍이 없었지. 그가 뭘 걱정했는지 알고 있는 나만 그 장난을 즐길 수 있지.

파르미노(방백)

어째서, 저건 무슨 뜻이지?

피시아스

이제, 그 일에 관해 파르미노에게 말해 주려는데, 이 놈은 대체 어디 있지?

파르미노(방백)

저 여자가 날 찾네.

피시아스

저기 있군. 가서 말해야지.

파르미노

이 멍청이, 무슨 일이야? 무슨 뜻이지? 뭘 보고 웃고 있는 거야? 그만 해.

피시아스

아이구! 웃다 보니 허리가 다 끊어지네.

파르미노

왜냐구?

피시아스

왜냐구? 참나, 네 놈보다 더 어리석은 멍청이는 본 적도 없고 볼 수도 없을 거다! 네가 우리를 얼마나 재미있게 해주었는지는 말할 수 없지. 글쎄, 처음엔 재치있고 영리한 놈인줄 알았다. 말한 것을 그 자리에서 그대로 믿어버리는 꼴이라니! 네 놈이 그 젊은 신사 양반에게 저지른 죄로 충분하지 않냐, 그 젊은이가 아버지를 배신하게 한 것은 빼고라도? 아버지가 그런 옷을 입고 있는 자기 아들을 보았을 때, 그 기분이 어떠했을지 상상이 되냐? 네 놈이 끝장났다는 걸 이제 알겠냐?

파르미노

뭐라고? 네가 말하려는 게? 이 못된 여편네. 나한테 거짓말한 거야? 날 정말 갖고 논거야? 우리를 놀리는 게 그렇게 재미있든 이 짐승 같은 인간아?

피시아스

너무 너무 고소하다!

파르미노

그 짓을 하고 무사할 줄 알아?

피시아스

암.

파르미노

맹세하지만 반드시 갚아주겠어.

피시아스

네 말을 정말 믿지. 하지만, 네가 날 협박하는 일은 나중 일이야.
넌 당장 치도곤이 매를 맞게 될거다. 첫째, 그 어리석은 젊은 신사
에게 수치스러운 행동을 하게하고, 그 다음엔 그를 밀고했지, 그 분
과 그 분의 부친이 네 놈에게 본때를 보여줄 거야.

파르미노

넌 망했다!

피시아스

이게 우리에게 보낸 선물에 대한 답례다.

파르미노

내가 내 발목을 잡아 망하네!

제 7 장

그나소와 쓰라소 등장

그나소

이제 뭘 하실래요? 무슨 희망이나 계획을 갖고 여기 오신 거예요?
뭘 하시려고요, 쓰라소?

쓰라소

뭘 하려? 뭐, 난 타이스에게 굴복하고 그 여자가 시키는 대로 할 거야.

그나소

그건 무슨 뜻이에요?

쓰라소

어째서 내가 그 여자의 노예가 되면 안되지? 헤라클레스도 옴파레의 노예였잖아.

그나소

훌륭한 선례네요! (방백) 난 그 여자가 슬리퍼 짝으로 네 머릴 내리치는 걸 보고 싶어. (큰소리로) 아씨네 집 문이 열리네요.

쓰라소

이런! 이게 무슨 난리법석이야? 생전 본 적도 없는 놈이 있네. 왜 저 자가 허둥지둥 뛰쳐나가지?

제 8 장

타이스의 집에서 돌아온 카이리아 등장

카이리아

오, 친애하는 시민 여러분, 이 세상에서 저보다 더 운이 좋은 사람이 누가 있을까요? 없습니다, 맹세코 신들께선 저에게 있는 그대로 그 분들의 능력을 분명하게 드러내 보여 주셨고, 전 갑자기 엄청난 축복을 받게 되었습니다.

파르미노(방백)

무엇 때문에 저렇게 좋아하지? (그에게 다가간다.)

카이리아

오, 나의 모든 기쁨의 책사이자 창시자이고 완성자인 파르미노, 넌 내가 왜 기뻐하는지 아냐? 나의 팸필리아가 아테네의 시민임이 밝혀진 걸 아느냐?

파르미노

들었어요.

카이리아

나와 약혼한 사이란 것도 알고 있나?

파르미노

최고에요, 정말.

그나소(쓰라소에게 방백)

저 남자가 한 말 들으셨어요?

카이리아

그리고 형 파이드리아의 연애도 순풍에 돛이다. 두 집안이 하나가 되었어. 타이스는 내 아버님을 후원자로 삼고, 우리의 보호 속에서 집안사람이 되어 살기로 되었어.

파르미노

그렇게 되면 타이스는 큰 도련님께서 독차지할 수 있겠네요

카이리아

물론이지.

파르미노

그러면, 기뻐해야할 또 다른 이유가 있네요. 그 대장이 아씨의 집에서 쫓겨나겠지요

카이리아

　형이 어디에 있던지 간에 가능한 빨리 이 소식을 알려 줘.

파르미노

　집에 계시겠지요. (그는 라체스의 집으로 간다.)

쓰라소 (그나소에게)

　그래, 그나소, 넌 내가 완전히 졌다는 사실이 의심되냐?

그나소

　주인님께서 그렇게 되신 게 확실합니다.

카이리아(독백)

　뭘 먼저 말해야지, 이 일을 하게 충고한 그를 열렬히 칭찬해줄까, 아니면 그의 충고를 용기 있게 따른 내 자신을 칭찬할까? 아니면, 그 사건 전반을 주도하고 하루에 그렇게 많은 대단한 일들을 한꺼번에 훌륭히 이뤄낸 운명의 신을 찬양할까? 이것도 저것도 아니면, 아버님의 친절과 호의에 감사할까? 오 신이시여! 우리가 즐기도록 이 축복을 지켜주세요, 비나이다.

제 9 장

　　　　　　　　　　　　　　　라체스의 집에서 돌아온 파이드리아의 등장

파이드리아

　세상에, 파르미노의 얘기가 사실이면 정말 좋겠다. 카이리아, 어디 있니?

카이리아

　여기.

116

파이드리나

축하해.

카이리아

물론 그래야지. 형, 형 애인 타이스만큼 사랑스런 여자도 이 세상에 없을 거야. 그녀는 우리 가족 모두에게 좋은 일을 했어.

파이드리아

나한테 그녀의 칭찬을 할 필요는 없어.

쓰라소 (그나소에게 방백)

기가 막혀! 희망이 없을수록, 그 여자에 대한 사랑은 절절하네. 그나소, 도와줘. 애원한다, 날 구원해 줄 사람은 너뿐이다.

그나소 (쓰라소에게 방백)

제가 뭘 할까요?

쓰라소

애걸복걸을 하든, 뇌물을 먹이든 쬐금이라도 타이스에게 내 몫을 챙겨봐.

그나소

어렵겠는데요.

쓰라소

넌 무슨 일이든지 마음만 먹으면 해내는 줄 내 알아. 이 일만 해내면 뭘 원하든지 해주마.

그나소

정말요?

쓰라소

그런다고 했잖아.

그나소

    만일 제가 성공하면, 주인님이 집에 계시든 안계시든지 제가 주인
님 집을 마음대로 드나들 수 있어야 해요. 그리고 초대를 받았던
안받았던 주인님 식탁에 제 마음대로 앉아도 되구요

쓰라소

    네가 그렇게 할 수 있도록 명예를 걸고 약속하마.

그나소

    그럼 슬슬 시작해볼게요.

파이드리아

    누군지 말하는 소리가 들렸는데. (둘러보며) 아니, 쓰라소!

쓰라소

    두 분 다 안녕하신가?

파이드리아 (쓰라소에게)

    아마 오늘 이 집에서 무슨 일이 일어났는지 모르시겠군요.

쓰라소

    아니, 압니다.

파이드리아

    근데도 여기 계신가요?

쓰라소

    당신을 믿으려고.

파이드리아

    대장, 당신이 얼마나 나를 믿어도 되는지 내 보여드리다. 만일 당신
이 이 길에서 다시 눈에 띄면, 만일 "누굴 찾는 중이라든가, 지나가
는 길이었다"고 말하면 넌 죽음이야.

그나소

그런 식으로 말씀하시면 안되지요.

파이드리아

말할 거야.

그나소

그런 식으로 말씀하시는 것은 도련님답지 않아요.

파이드리아

내 식을 알게 해주마.

그나소

두 분 다 먼저 귀를 귀울여 제가 하는 말 몇 마디만 들어 보세요. 제 말이 끝나고 맘에 드시면 결정하세요.

카이리아

들어 보자.

그나소

쓰라소님, 저 쪽으로 좀 가 계세요. (쓰라소가 가자 파이드리아와 카이리아에게) 먼저, 제가 이 일을 하는 데 있어 오로지 나만의 이익을 위해서 하는 거라는 걸 부디 믿으시라고 부탁드립니다. 그러나 만일 내 이익이 여러분의 이익과 맞아 떨어진다면, 여러분들이 이 일을 안하시는 것은 어리석지요.

파이드리아

그게 뭔데?

그나소

전 여러분이 대장을 경쟁자로 여기실 것을 충고합니다.

파이드리아

뭐, 그를 인정하라고?

그나소

생각해 보세요, 파이드리아님. 도련님이 타이스 아씨와 사시면 그
비용이 녹녹치 않겠지요. 도련님의 씀씀이가 보통이 아니니. 도련
님이 아씨에게 줄 수 있는 건 뻔하고, 타이스님이 돈을 많이 벌어
들이셔야만 하겠네요. 도련님에게 어떤 비용도 물지 않고 도련님의
사랑 놀음을 지원해 줄 사람은 대장 밖에 없어요. 첫째, 대장은 돈
이 많고 누구도 대장처럼 돈을 펑펑 쓰진 않아요. 게다가 바보지요,
둔하지요, 멍청하기까지 해요. 밤이고 낮이고 잠만 퍼 자지요. 그런
자와 여자들이 사랑에 빠질 리는 절대 없어요. 게다가 언제라도 내
키기만 하면 내쫓아버릴 수도 있잖아요.

카이리아

어떻게 할까?

그나소

더군다나,-가장 중요하다고 생각되는 것은 -이 세상 누구도 그렇게
푸짐하게 공짜로 식사를 대접해주지는 않아요.

카이리아

아주 쓸모 있는 사람을 만난 게 분명하구나.

파이드리아

나도 그렇게 생각해.

그나소

맞아요. 절 친구로 받아들이시라는 청을 하나만 더 드릴께요. 전 고
생은 충분히 해봤습니다.

파이드리아

그래 받아 주마.

카이리아

나도.

그나소

자, 그것에 대한 감사로, 파이드리아, 카이리아, 당신들 모두 제가 쓰라소님을 진탕 먹고 마시고 해서 쥐어짜 밑천을 날리게 하고 갖고 놀게 해드리지요.

카이리아

찬성.

파이드리아

그래도 싼 인간이야.

그나소

쓰라소님, 이리 오세요. (쓰라소 그들과 다시 합류한다.)

그나소

자, 이 신사분들이 나리를 몰라 뵈었대요. 제가 이 분들께 나리의 인간 됨됨이를 이야기해 드렸더니, 나리가 이룬 업적이나 자질에 대해 마구 칭찬을 하셨어요. 그리고 동의를 해주셨어요.

쓰라소 (그나소에게)

잘했다. (파이드리아와 카이리아에게) 감사합니다. 난 어디 있든지 항상 제일 인기 많은 사람이지요.

그나소

이 분은 정말 아테네식 유머를 갖고 있다고 제가 말씀드리지 않았나요?

파이드리아

이 분은 네가 말한 꼭 그대로다. 자들 가자. (관객에게) 안녕히 가세요. 박수를 마구 쳐주시고요.

작품의 주제와 플롯

　지적이며 우아하고, 도덕적인 어조에 주제 의식이 명확한 테렌스의 다른 작품들과 달리 작가의 세 번째 작품인 「내시」는 플라우투스의 소극(farce)의 색채가 상당 부분 드러나는 작품이다. 때문에 혹자는 이 작품이 테렌스의 고상한 의도가 사라진 대중 관객의 비위나 맞춘 열등한 작품이라고 평가하기도 한다. 그러한 관점에서 보자면 이 작품은 주제 의식이 희박한 작품이며, 주제보다는 인물들의 행동 양상이 플롯의 핵심이며 관객의 관심에서 초점이 된다. 그리고 인물들의 행동의 양상은 바로 두 젊은이들의 사랑으로 압축이 된다.

　그런데 두 주인공 파이드리아와 카이리아의 행동의 동기가 사랑일지라도 그것은 순수하다거나, 역경을 극복하고 성취한 위대한 사랑과는 거리가 멀다. 특히 현대의 관객에게 두 젊은이의 사랑은 신희극(New Comedy)의 전통에서 이루어진 것이라도 혈기와 열정만으로 이루어진 무분별한 사랑으로 비춰지기 쉽다. 타이스에 대한 파이드리아의 사랑은 질투로 가득 차 이틀 동안도 참지 못할 정도이고, 카이리아는 팸필리아에 대한 욕망을 누를 길 없어 그녀를 강간한다. 더욱이 카이드리아는 지각없이 자신의 행동을 자랑삼아 친구 앤티포에게 떠벌린다. 카이리아가 팸필리아와 결혼하겠다고 타이스에게 말한 것은 자신의 행동에 대한 처벌을 면피하기 위해서일지도 모른다. 파이드리아 역시 타이스를 진심으로 사랑할지라도 쓰라소를 이용하여 그녀에게 자금 지원을 얻으려고 한다. 사랑을 하고 결혼을 함으로써 인물들은 갈등을 해소하고 화해하며 행복한 결말을 맞게 되지만 도덕적 주제로서는 불완전하다.

그런데 행동의 양상보다 인물 됨됨이 그 자체를 주목할 때, '이기심'이라는 또 다른 동기를 발견하며 비로소 도덕적 주제를 발견할 수 있게 된다. 테렌스는 「내시」에서 정교하게 신희극의 전형적인 관점을 유지하며 인간의 실상을 드러내고 있는 것이다. 이 지점에서 피시아스는 파이드리아, 카이리아, 타이스의 자기중심적 성격과 대조를 이루는 인물로 주목할 수 있나. 그녀의 행동은 관객의 도덕적 불만을 해소해 준다. 즉, 인간의 행동은 도덕적으로 온당해야 한다. 모든 인물들은 이기심을 지닌 온당치 못한 인간들이다. 같은 맥락에서 쓰라소의 패배 역시 연민을 자아내며 주위 인물의 인간성을 드러내는 듯하다. 결국 「내시」는 소란스러운 소극의 양식 속에 정교하게 마련된 도덕적 관점을 함축하고 있는 작품으로 볼 수 있다.

테렌스의 두번째 작품 「장모」를 제외한 모든 작품에서 발견되는 이중 플롯은 극의 구조로써 뿐 아니라 도덕적인 관점을 구축하는 장치가 되기도 한다. 특히 쓰라소와 그나소를 기존 플롯에 더함으로써 이중 플롯은 완벽한 조화를 이룬다. 「내시」에서 이중 플롯은 타이스와 그녀를 사랑하는 두 남자 카이리아와 쓰라소를 한 축으로 하고, 파이드리아와 팸필리아를 또 다른 한 축으로 전개된다. 하나의 플롯이 진행될 때 또 다른 플롯은 멈추며 교대로 진행되다가 마지막 장면에 이르러 두 플롯은 하나로 결합된다. 이 과정에서 이중 플롯은 균형, 대조, 교차를 이루며 한 인물을 다른 인물에 대한 상대적 관점에서 제시하게 된다. 카이리아의 생각이 많고 우유부단한 성격은 파이드리아의 저돌적인 성격과 대조를 이루고, 파이드리아의 사랑에 대한 애절한 갈구는 쓰라소의 무분별한 성급함과, 그나소의 주인을 이용하려는 이기적 태도는 파르미노의 주인에 대한 헌신적인 태도와 대조를 이룬다.

물론, 이중 플롯은 도덕적 관점을 구축하는 장치로서만이 아니라 이야기의 진행을 구축하는 구조적 측면에서 유용한 장치이기도 하다. 형 카이리아는 기생 타이스와 사랑에 빠지고, 동생 파이드리아는 길거리에서 한 번 본 어린 소녀에게 첫눈에 반한 상태이다. 두 연인들은 열정과 한숨, 착오와 질투의 요란스런 사건들을 플롯 안에 풀어 놓는다. 두 연인들의 사랑을 구축하는 이중 플롯 외에도 쓰라소와 그나소는 신희극의 상투적인 인물로 인물들의 사랑에 소란을 불러 일으킨다. 이 두 인물들은 주요 인물과의 관계에서 웃음을 유발하며, 극의 흐름을 보다 역동적으로 몰아간다. 테렌스는 기존의 이중 플롯을 자신의 극작품에서 보다 정교하고 견고하게 활용함으로써 기존 그리스극의 모방에서 벗어나 자신의 독자적인 영역을 개척했다고 할 수 있다.

작품 내용과 에피소드

1막

1막 1장: 막이 오르자 길가에서 파이드리아는 자신의 노예 파르미노와 타이스의 초대에 응할 것인지 말 것인지를 두고 고민한다. 지난밤 타이스는 다른 남자를 받으며 파이드리아를 쫓아냈고 이제 그를 초대한 것이다.

1막 2장: 이때 타이스가 집에서 나오고 이들과 부딪친다. 파이드리아가 그녀가 요청한 대로 비싼 값을 치루고 내시를 사 두었지만 그녀로부터 냉대를 받았다고 화를 내자, 그녀는 왜 그를 내쫓아내야 했는지를 설명한다. 즉, 로데스에 살던 어머니가 노예상으로부터 사서 여동생처럼 키우던 소녀를 어머니가 돌아가시자 삼촌이 노예로 팔아버렸다. 그녀는 옛 애인과 로데스를 떠나 아테네로 왔고 애인은 재산을 모두 물려주고 죽었다. 이후 그녀는 쓰라소와 사귀었고, 그는 우연히 로데스에 들러 소녀를 사서 타이스에게 주려고 아테네로 돌아 왔으나 타이스가 파이드리아와 더 친한 것을 알고 그녀를 독점할 수 있어야만

125

소녀를 선물로 주겠다고 하는 상황이다. 타이스는 파이드리아에게 사랑을 맹세하고 소녀를 찾기 위해 이틀 동안만 말미를 달라고 간청한다. 파이드리아는 결국 이를 허락하고 시골에 가서 이틀 동안 지내겠다고 말한다.

2막

2막 1장: 파이드리아는 파르미노에게 내시를 타이스에게 조심스럽게 전달하라고 당부를 하고, 그의 연적을 어떻게 물리칠 지 방법도 강구해보라고 다짐을 하면서 시골로 떠난다. 혼자 길에 남은 파르미노는 그나소가 절세의 미인을 데리고 오는 것을 보고 그 소녀가 바로 문제의 소녀임을 간파한다.

2막 2장: 그나소는 길에 서서 긴 독백을 통해 자신은 남에게 붙어먹고 사는 기숙자이고 아첨꾼이라고 소개한다. 그는 파르미노를 발견하자 자신의 선물을 뽐내며 파르미노에게 모욕적인 말을 던지고 타이스의 집으로 들어간다.

2막 3장: 이때 파르미노는 사색이 되어 허둥대며 등장한 카이리아를 발견한다. 카이리아는 길거리에서 한 소녀를 보았고, 그 순간 자신은 사랑에 빠져 쫓아오던 중, 아버지 친척을 만나 말을 주고받다가 그녀를 놓쳐 버렸다고 한탄을 한다. 파르미노가 그 소녀가 타이스의 집으로 들어갔다고 말하자 카이리아는 자신의 사랑을 이루게 해달라고 파르미노에게 조른다. 파르미노는 농담처럼 만일 그가 내시로 변장을 해서 타이스의 집으로 보내지면 그의 소원을 이룰 수 있을 거라고 말한다. 이에 카이리아는 기뻐하며 당장 실행하라고 파르미노를 다구친다.

3막

3막 1장: 팸필리아를 타이스에게 전한 그나소가 돌아와 그녀가 선물을 받고 매우 좋아했다고 전한다. 이에 우쭐해진 쓰라소는 허풍을 치며 왕이 자신을 총애한다고 자랑하자, 그나소는 무조건 쓰라소의 말솜씨와 현명함을 추켜세운다. 한술 더 떠 그나소는 이제 쓰라소가 타이스에게 질투를 불러 일으켜 그녀의 마음을 아프게 하여야 한다고 충고한다.

3막 2장: 타이스가 집에서 나와 쓰라소와 그나소를 만난다. 이들은 외식을 하러 외출하는 중이다. 이때 내시로 가장한 카이리아를 데리고 온 파르미노가 나타나고 일행은 파르미노의 잘생긴 모습에 감탄한다. 타이스는 내시 일행을 집에 데려다주고 피시아스에게 내시가 소녀를 시중들게 하고, 캐미스가 곧 올테니 꼭 자기를 만나게 하라고 당부하고 쓰라소와 외출한다.

3막 3장: 크리미스가 독백을 하며 등장하여 타이스가 자신에게 의도를 밝히지 않은 채 꼬치꼬치 캐묻는 것을 이상하게 여기며 불쾌해한다. 그때 피시아스가 등장하여 크리미스에게 기다릴 수 없다면 타이스에게 가서 꼭 그녀를 만나라고 간청한다.

　3막 4장: 앤티포가 카이리아와의 약속 장소에 나타난다. 카이리아가 친구들과의 만찬을 주선하기로 되어 있기 때문이다. 앤티포는 카이리아가 약속을 어긴 줄 알고 황당해 하던 중 내시 복장을 한 채 흥분 상태에 있는 카이리아를 발견한다.

　3막 5장: 카이리아가 기뻐 어쩔줄 모르면서 흥분한 채 나타난다. 앤티포가 나타나자 그는 집안에서 있었던 모험담을 들려준다. 즉, 타이스는 내시로 변장한 자신에게 소녀를 맡기며 남자는 접근도 못하게 하라고 명령을 하고 외출을 한다. 그는 목욕을 기다리며 주피터가 소나기로 변해 다이아나를 범하는 그림을 보고 있는 소녀를 보며 환상에 취해 흥분한다. 이윽고 목욕을 하고 나온 팸필리아와 단 둘이 방에 남게 되자 그는 문을 잠그고 그녀를 범하고 나서 도망쳐 나왔다. 자랑삼아 자신의 모험을 앤티포에게 말한 후 이들은 옷을 갈아입기 위해 앤티포의 집으로 향한다.

4막

　4막 1장: 도리아스가 타이스와 쓰라소, 크리미스가 함께 했던 식사 중 벌어진 일을 알린다. 크리미스가 도착하자 타이스는 쓰라소에게 간청하여 크리미스를 동석시킨다. 타이스가 크리미스에게 말을 계속 걸자 쓰라소는 그녀를 위협하듯이 팸필리아를 불러 피리를 연주하게 하려고 한다. 타이스가 반발하자 싸움이 난다.

4막 2장: 시골에서 올라 온 파이드리아가 자신의 행동을 합리화시킬 구실을 찾는 중이다. 그는 불안해하며 생각에 잠겨 타이스를 만나지 않더라고 보기만 하면 된다고 생각하고 시골에 도착하자마자 당장 아테네로 다시 돌아 오는 중이다. 이때 그는 피시아스가 놀라서 이리저리 뛰어다니는 모습을 본다.

4막 3장: 피시아스는 악당놈이 소녀를 범하고 옷을 찢고 도망쳤다고 욕을 하며 흥분한 상태로 흐느긴다. 파이드리아가 나타나자 피시아스는 그가 보낸 내시가 소녀를 범했다고 비난한다. 파이드리아는 집으로 도루스를 찾으러 간다.

4막 4장: 파이드리아는 카이리아의 옷을 입은 도루스를 붙잡고 심문을 시삭한다. 그러나 피시아스는 집에 왔던 내시는 도루스가 아니라 그보다 훨씬 잘생긴 젊은 청년이었다고 말한다. 도루스는 카이리이와 파르미노가 와서 옷을 바꾸어 입고 나갔다고 말한다. 피시아스는 어쨌든지 젊은 내시가 소녀를 범한 것이라고 비난한다. 그리고 그 모든 짓을 파르미노가 주도했다고 주장한다.

4막 5장: 술이 취해 비틀거리며 크리미스가 들어온다. 그는 쓰라소와 타이스가 싸웠고, 타이스가 화를 내고 가 버리자 자신도 쓰라소에게 쫓겨났다고 전한다.

4막 6장: 타이스가 화가 난 채 집에 도착한다. 크리미스는 그 소녀가 자신의 여동생임을 알고 있다. 피시아스는 소녀에게 있었던 일을 타이스에게 말하지 않고 팸필리아가 처음 왔을 때 갖고 있었던 증거품을 담은 상자를 가지러 간다. 이때 타이스는 창 밖으로 군대를 끌고 쳐들어오는 쓰라소 일행을 본다. 그녀는 겁을 잔득 먹은 크리미스의 용기를 북돋아 주며 그가 소녀를 빼앗으려고 하면 그녀가 여동생임을 당당히 밝히라고 이른다.

4막 7장: 쓰라소 일행이 무대에 들어선다. 쓰라소는 오합지졸의 군대를 전투태세로 배치하는데, 상가는 스폰지를 들고 일행이 피를 흘리면 자신은 피를 닦는 임무를 맡겠다고 한다. 이때 창가에 나타난 타이스와 크리미스에게 쓰라소는 소녀를 돌려 달라고 고함을 지른다. 크리미스는 소녀가 자신의 동생이라고 말하고 유모를 찾아오겠다고 도망을 쳐버린다. 쓰라소는 자신들이 물러가면 타이스가 화해를 청할 것이라는 그나소의 조언대로 슬그머니 군대를 이끌고 퇴장한다.

5막

5막 1장: 타이스는 피시아스에게 왜 팸필리아가 옷이 찢긴 채 물음에 대답도 않고 울기만 하는지 묻는다. 피시아스가 내시는 카이리아였다고 말하자 타이스는 정황을 알아채고 한탄을 한다. 이때 카이리아가 나타난다.

5막 2장: 앤티포의 집에 부모님이 계셔서 옷도 갈아 입지 못한 채 아는 사람 눈에 뜨일까봐 카이리아는 이리저리 헤메다가 도루스의 옷을 입은 채 등장한다. 타이스는 그가 자신의 계획을 모두 망쳤다고 비난한다. 그는 타이스에게 그녀를 아내로 삼게 도와달라고 간청한다. 피시아스의 비난을 뒤로 하고, 둘은 크리미스가 유모를 찾아와 팸필리아가 그의 여동생인지를 확인하기 위해 기다린다.

5막 3장: 크리미스가 유모 소프로나를 데리고 등장한다. 유모가 증거물들을 모두 알아보았다는 말을 듣자 피시아스는 매우 기뻐하며 이 둘을 집안으로 안내한다.

5막 4장: 카이리아가 어떻게 지내는지 궁금해하며 파르미노가 등장한다. 피시아스는 팸필리아가 아테네 시민임이 밝혀졌고 그 때문에 카이리아가 매를 맞기 위해 꽁꽁 묶여 있다고 거짓말을 한다. 놀란 파르미노는 마침 시골에서 올라오는 라체스를 본다.

5막 5장: 파르미노는 라체스에게 카이리아가 내시로 가장해 이 집에 들어갔고, 여자들이 그를 잡아서 묶어 놓았다고 거짓말을 한다. 이 말을 듣고 격노한 라체스가 집안으로 뛰어 들어간다.

5막 6장: 피시아스가 자신의 꾀로 집안에서 벌어진 일에 신명이나 파르미노를 놀린다. 화가 나서 집에 뛰어 들어간 라체스가 발견한 것은 도루스의 옷을 입고 있던 카이리아였기 때문이다.

5막 7장: 쓰라소가 그나소를 졸라 타이스의 집에 온다. 그는 타이스에게 항복하고 그녀가 시키는 것은 무엇이라도 하겠다고 그나소에게 말한다.

5막 8장: 카이리아가 싱글벙글하며 나온다. 파르미노를 본 그는 자신은 팸필리아와 약혼을 했고, 그의 아버지가 타이스의 후견인이 되어 파이드리아는 타이스를 독점할 수 있게 되었다고 전한다. 이 말을 엿

듣고 있던 쓰라소는 자신이 버림당했음을 깨닫는다.

　5막 9장: 카이리아와 파이드리아가 서로를 축하하며 행복해하는 모습을 엿보던 쓰라소는 그나소에게 자신도 타이스의 작은 몫을 갖게 해달라고 그나소에게 매달린다. 그나소는 쓰라소의 집과 식탁을 자신에게 개방한다는 약속을 받고 카이리아에게 쓰라소의 경제적 능력을 이용하라는 제안을 하여 허락을 받는다.

주요 등장인물 분석

■ 파이드리아(Phaedria)

파이드리아는 로마 희극에서 기생과 사랑에 빠진 전형적인 젊은이다. 그는 또한 그 부류의 전형적인 인물들처럼 모든 일을 추진함에 있어 자신의 현명한 노예 파르미노에게 전적으로 의존한다. 그는 소심하고, 질투가 많고, 우유부단하여 생각이 많은 반면, 순수하다. 그는 신분 차이가 나지만 타이스를 진심으로 사랑한다. 그나소가 말하듯이 낭비벽이 있고, 타이스를 사랑하면서도 현실적으로는 어떻게 살지 대안이 없다. 그의 이러한 면모는 쓰라소와 카이리아와 정반대의 성격으로 대조되어 부각된다. 그의 유약함과 비현실성은 극의 마지막에 쓰라소를 이용하여 경제 문제를 해결하려고 함으로써 이기적인 면모를 노출시키고 만다.

■ 파르미노(Parmeno)

로마 희극에서 전형적인 노예의 성격은 주인을 속이고 자신의 이익만을 추구하는 것인 반면 파르미노는 주인을 위해 진심으로 희생하는 노예이다. 그는 주인 집안의 명예를 소중히 여기며, 주인을 위해 기꺼이 희생할 준비가 되어 있다. 그는 상투적으로 전형화된 주변 인물들과 비교하여 보다 상식적이고, 다정하며, 활력에 가득 찬 인물이다. 그는 이 작품에서 가장 중요한 인물로 공연 내내 무대에서 두 젊은 주인의 사랑의 플롯을 꾸며내고, 진행시키며, 도움을 준다. 그의 최고의 능력은 내시로 변장한 카이리아를 그나소와 쓰라소 일행 앞에서 천역덕스럽게 타이스에게 넘겨줄 때 발휘된다.

■ 타이스(Thais)

창기이며 파이드리아의 연인인 타이스는 미인임에 틀림이 없다. 그녀 옆에는 질투와 소유욕에 불타서 그녀를 갈망하는 파이드리아와 여신처럼 섬기는 쓰라소가 있다. 그러나 그녀는 섬세한 성격으로 로마 희극에서 기생이 소극적이고 대상화된 것과 달리 모든 사건의 배후이며 동기를 갖고 있는 인물이다. 그녀는 팸필리아를 얻기 위해 애인과 헤어져 허풍선이에다 멍청한 쓰라소와 이틀을 지낼 작정을 한다. 애인 파이드리아와 대조적인 성격으로 그녀는 분명한 목적 의식과 행동력을 겸비하고 있는 것이다. 그녀는 팸필리아의 식구들을 찾아주기 위해 최선을 다하고, 대장으로부터 그녀를 지켜내기 위해 싸움도 마다하지 않는다. 집요하리만치 그 일을 추구하는 이유는 좋을 일을 하고, 댓가로 친구들 몇을 얻기를 바라기 때문이다. 극이 카이리아, 파이드리아, 쓰라소 등의 남성 인물만으로 이루어진 장면으로 끝나지만, 그녀의 존재는 여전히 모든 인물들의 현재와 미래의 삶의 핵심에 위치한다.

■ 카이리아(Chaerea)

카이리아는 파이드리아와 대조적인 성격으로 정열적이며 다이나믹하고 물불을 가리지 않는 행동적인 성격이다. 그는 생각하면 즉시 행동하고 뒤를 돌아보지 않는 성격으로 명랑하고 낙관적이다. 그는 파르미노가 농담처럼 내시로 변장하여 팸필리아에게 접근할 수 있다고 말하자 뒤도 안돌아보고 즉시 실천한다. 그가 팸필리아를 범하는 행동은 물론 현대의 관객으로서는 용납할 수 없는 문제점을 지나나 당시 로마 시대에는 귀족 남자와 노예 여자 사이에서 흔히 발생했던 일로 그의 급한 성격과 일맥상통한다. 이러한 그의 행동이 극적으로 용인되는 것은 그가 강변하듯이 '사랑' 때문이었고, 곧 약혼을 발표하기 때문이다.

■ 쓰라소(Thraso)

　지극히 상투적인 인물로 이름이 '허풍선이'의 어원이 될 만큼 한 유형을 대변한다. 그나소의 말처럼 멍청하고, 둔하고, 바보스런 성격으로 주위 인물들에게 이용만 당하고 놀이감이 됨으로써 연민을 자아내기도 한다. 생각이 없이 떠버리기만 하는 점에서 타이스에 대한 그의 사랑조차 그것이 사랑인지 의심을 불러일으킬 정도이다. 특히 그의 이러한 면모는 타이스의 집으로 쳐들어와 부하들을 배치하고 자신은 뒤에 숨어 버리려는 시점에서 적나라하게 드러난다. 소극(Farce)의 한 유형적 인물로 바보짓으로 관객의 웃음을 자아내는 극적 기능에 머물러 있다고 할 수 있다.

■ 그나소(Gnatho)

　그나소는 전형적인 소극의 인물이나 뛰어난 극적 성격을 지닌 인물이기도 하다. 그는 남에게 빌붙어 살며 아첨을 일삼으나 세상사의 이치를 꿰뚫고 있으며 그것을 이용해 자기의 이익만을 추구하는 자이다. 그는 파르미노와 달리 세상사에 냉소적이며 주인을 이용하고 경멸하며 우월 의식을 갖고 있다. 그와 쓰라소는 각기 독립적인 인물이라기보다는 한 쌍으로 서로를 보완하는 극적 성격으로 볼 수 있다. 그러나 그의 독백은 세상의 모순을 정확히 짚어내는 데서 때론 통쾌하기조차 하다. 그는 관객이 결코 동화될수 없는 인물이며, 그가 카이리아와 파이드리아를 자기 편으로 삼아 쓰라소를 이용하려는 마지막에 이르면 하나의 단순한 우스개 인물이 아니라 세상의 이기심의 한 양상을 대변하는 듯하다.

■ 피시아스(Pythias)

이 작품에서 가장 흥미로운 인물은 피시아스이다. 그녀는 상투적인 유형성을 탈피하여 개인화되어 있다. 피시아스는 타이스의 종복으로 모든 집안 일을 관장할 정도로 주인의 신임을 받고 있다. 그러나 피시아스와 타이스의 관계는 극히 억압적이며 타이스의 일방적인 비난에 대해 피시아스는 언제나 상식적인 타당성을 확보하고 있다. 그녀는 팸필리아를 범한 카이리아나 그 일을 주도한 파르미노를 타이스가 용서하는 것을 보고 분노하며 항의함으로써 전적으로 관객의 신임을 얻게된다. 이러한 그녀의 태도는 모든 남성 인물과 상류 계층의 횡포에 대해 항거하며 정의를 주장하는 민주적 태도로 보여지기도 한다.

작품 이해를 위한 질문

1) 본 작품에서 「내시」라는 제목은 어떻게 유래하였나?

2) 이 작품에서 메넌더(Menander)로부터 전승된 신희극(New Comedy)의 전형적인 인물 유형을 말하라.

3) 이 작품에서 소극(farce)적인 요소를 찾아보고 설명하라.

4) 대조가 되는 인물의 성격을 비교하여 설명하라.

*5) 테렌스의 희극이 후대 극작품에 미친 영향을 간략하게 말해보아라.

6) 테렌스의 희극에서 이중 플롯의 효능을 설명해보아라.

7) 플라우투스(Plautus)와 테렌스의 희극의 특징을 비교하여 설명하라.

모범 답안

* 5번 문제 답안 보기

테렌스의 죽음 이후 신희극(New Comedy)은 서사시, 역사, 웅변 등의 새로운 문학 양식의 대두로 인해 급격히 퇴조한다. 이 과정에서 플라우투스와 테렌스의 신희극은 소극, 마임, 볼거리 등의 대중적인 오락거리로 잔존한다. 로마 제국 말기에 이르면 거의 모든 공연은 격투, 짐승몰이, 조야한 마임, 폭력이 대신하며 급기야 유스티안 대제(Justinian)는 모든 종류의 공연을 금한다. 그러나 10세기에 이르면 수도사로 알려진 호로스비다(Hroswitha)가 테렌스의 양식을 모방하여 라틴어로 10개의 희극을 썼으며, 15세기 말엽에 이르러서는 플라우투스와 테렌스의 작품이 비로소 인쇄물로 출판되기 시작한다.

테렌스의 영향을 받아 쓰여진 작품으로는 바이프(Baif)의 「내시」(*L'Eunnuque*)와 라리비(Larivey)의 「질투하는 사람들」(*Les Jaloux*), 위철리(Wicherley)의 「시골 아낙네」(*The Country Wife*), 세들리(Sedley)의 「애인 혹은 정부」(*Bellamira, or The Mistress*), 쿡(Cook)의 「내시 혹은 다비 대장」(*The Eunuch, or The Darby Captin*), 우달(Udall)의 「랄프

로이스터 도이스터」(*Ralph Roister Doister*), 아리스토(Aristo)의 「추측」 (*I Suppositi*)과 가스콩(Gascoigne)의 「추측들」(*Supposes*)이 있다. 이 밖에도 몰리에르(Moliere), 뷰마카이스(Beaumarchais), 골도니(Goldoni), 셰익스피어(Shakespeare), 존슨(Jonson)의 작품에도 플라우투스와 테렌스의 희극 요소가 발견된다.

테렌스의 희극이 문학적으로 전승된 것 외에도 대중문화에 유입된 흔적은 마임, 즉흥극, 민속 예술 등에서 발견된다. 특히 14세기에서 17세기 이탈리아에서 성행한 코메디아 델 아르테는 로마 희극의 특성을 그대로 전승한 예이다. 늙은이와 젊은 여인들, 아름다운 소녀, 바보, 구두쇠 등의 상투적 성격과 단순한 플롯은 심각한 주제보다는 웃음을 낚으며 관객과 즉흥적으로 소통하는 테렌스의 희극과 닮아 있다.. 이후 20세기에 이르러 찰리 채플린으로 대표되는 무성 영화의 희극적 인물이나, 보드빌 쇼, 슬랩 스틱 코미디 등은 인물과 대사, 플롯, 관객과의 소통 방식에서 테렌스의 전통을 잇고 있다고 할 수 있다.

참고 문헌

Barsby, John. *Terence: The Eunuch, Phormio, The Brothers*. Ed. John H.
    Betts. Bristol: Bristol Classical Press, 1991.

Duckworth, George E. ed. *The Complete Roman Drama Vol. II*. New
    York : Random, House, 1942.

Forehand, Walter E. *Terence*. Boston: Twayne, 1985.

McLeish, Kenneth. *Roman Comedy*. Bristol: Bristol Classical Press, 1990.

Harsh, Philip W. *An Anthology of Roman Drama*. New York : Holt,
    Rinehart and Winston, 1963.

Martin R.H. ed. *Terence: Adelphoe*. Cambridge: Cambridge UP., 1976.
    Books, 1964.

· 옮긴이

최영주

동국대학교 영문학과에서 영미드라마 전공으로 박사학위취득
현재 성대 연구교수
저서로『셰익스피어라는 극장 그리고 문화』(글누림, 2006)
"Playing with History in Private Space in Oh Tae-Sok's Gynewha Gyrungyee
and Apsana Dangyugra Ogeuma Miryora"(Text and Presentation, 2006)
"프리엘의 <번역>과 포스트콜로니엄 문화기획"(한국연극학, 2006) 등 논문 다수

내시

테렌스 지음 / 최영주 옮김
초판 1쇄 발행일 2007. 4. 10
ISBN 978-89-5506-325-7

· 펴낸곳

도서출판 동인 / 펴낸이 · 이성모 / 주소 · 서울시 종로구 명륜동2가 237 아남주상복합Ⓐ 118호 / 전화 · (02)765-
7145,55 / 팩스 · (02)765-7165 / Homepage · www.donginbook.co.kr / E-mail · dongin60@chol.com
/ 등록번호 · 제 1-1599호

정가 7,000원

※ 잘못 만들어진 책은 바꾸어 드립니다.